故乡人

张永中 著

肖振中 绘

湖南人民出版社 · 长沙

图书在版编目（CIP）数据

故乡人 / 张永中著；肖振中绘. --长沙：湖南人民出版社，2024.1（2024.4）
ISBN 978-7-5561-3405-2

Ⅰ．①故… Ⅱ．①张… ②肖… Ⅲ．①随笔—作品集—中国—当代 Ⅳ．①I267.1

中国国家版本馆CIP数据核字（2023）第243517号

故乡人
GUXIANG REN

著　　者：张永中
绘　　者：肖振中
出版统筹：陈　实
监　　制：傅钦伟
产品经理：田　野　张玉洁
责任编辑：田　野　张玉洁
责任校对：唐水兰
封面设计：陶迎紫
版式设计：饶博文

出版发行：湖南人民出版社［http://www.hnppp.com］
地　　址：长沙市营盘东路3号　　邮　编：410005　　电　话：0731-82683313

印　　刷：长沙超峰印刷有限公司
版　　次：2024年1月第1版　　　　　　印　　次：2024年4月第2次印刷
开　　本：880 mm×1230 mm　1/32　　印　　张：9.25
字　　数：145千字
书　　号：ISBN 978-7-5561-3405-2
定　　价：59.80元

营销电话：0731-82221529（如发现印装质量问题请与出版社调换）

序

　　永中的散文，多数我是读过的。一些，永中私信推给我，让我帮他看看；另一些，则在朋友圈里，热热络络与大家分享。

　　近两年，永中写得发狠，隔三岔五便能读到。看架势，有点按捺不住了。什么事一到这个当口，就像稻子在拔节抽穗了，你可预期的，就是好年景里的一份好收成。果然，前几天永中见我，便拿了一本样书来，说湖南人民出版社准备出了，请我写篇序。

　　想了想，这篇序言怎么写，于永中，都没有什么意义和作用。然而世上的事，若都要拿了实在的收获作考量，十有八九可以不做。这就像我与永中的师生关系：当年我大学刚毕业，便跑去另一所大学登台上课，永中便是其中听课的学生。

我实在想不出，当时我都讲了些什么，更想不出，当年我能讲出些什么。但这几十年，永中一直"老师老师"地叫我，似乎全然没在意当年收获的多寡，更没在乎，我是否荒废了他的青春。有时候，人生的一种缘分，每每是从看上去没有意义的事开始的。

说永中命带文星，或许重了。然而命运这东西，信与不信，似乎都在。身边好些人事，拿了别的因由说不通，到头只好归于命运。永中在学校，一直是干部，毕业时，老师同学都认定他会被选调，不管是去基层还是去机关，反正是仕途通达。结果他被留了校，分在学报当编辑。除了编稿子，就是研究沈从文，年纪轻轻，便参与了《沈从文全集》的编辑整理。眼看就要因学问和文章出人头地了，神差鬼使，他被选去了凤凰当县长当书记，继之又当了州委秘书长，眼看仕途一派大好，又莫名其妙被调到了《湖南日报》，干回了编稿作文的老本行。一省之大，文人辈出，偏偏选中了他，你说是命不是命？

有了这个想法，永中发来第一篇散文时，我

一点不意外。绕了个大圈走回来，似乎既合情合理，又顺风顺水。研究沈从文那么多年，又在他的故乡，做了那么多年父母官，除了写散文，干什么都觉得悖情悖理。我有点意外的，是他并不刻意模仿沈从文，其文字，似乎在清新生趣之外，走了拙朴隽永的另一条路。且观世论人的视野，虽努力保持了湘西文化的顺天由人和悲天悯人，但理性的烛照，却透彻敞亮了许多。尤其他的文气，承继了明清白话笔记的简洁、自在，有一份和畅蕴藉的气韵。

收在这本集子里的文章，大体只有两个人生场景：其一是沈从文的故乡凤凰，其二是他自己的故乡古丈。写凤凰的，无论是记人还是状景，都有沈家这个大背景。好些事，因为是亲历，除了细节的私密性，还有情感的原真感。如今，人们趋之若鹜跑去沱江边打卡，若是也跑进永中的文字里，或许打卡的就不仅是身体，应该还有灵魂。写古丈的，则多为家世记述、亲人缅怀和少年忆往。这些底层人的喜乐悲苦，虽浸浸于人伦与世道的底色，但大都还时代于个人命运、还世界于具体场景，读来有一种真纯的山野气、朴质的悲悯感。这条路子，若再往前走，或许更能见出永中自己的风景来。

虽说命系文缘，大抵到今天，永中也没打算将自己逼入职业写作的仄巷子。我觉得，于作者于读者，非职业的写作，都是一种更通达、从容而优雅的姿态。这让我想起买花来，我当然是在花圃和花店里买过花的，包括一些名贵的品种。但在记忆中，都不及在一位农妇手里买下的一个花环。那年在凤凰古城，沱江边，城墙上，一位乡下的老太太，顺便从山里采了野花，编织了一个花环，举在漫天的夕阳里，有一种扑面的野趣和慑人的鲜艳，仿佛是那无尽大山的精魂……

我寄望于永中的，就是采撷编织更多这样的花环。

且为序。

龚曙光

2023 年 10 月 23 日

于抱朴庐息壤斋

目 录

001　无法完成的团聚

009　故乡茶思

019　做窝的鸟们

035　凤凰在下雪

049　杜鹃声里的记忆

075　芭茅花

089　流在我心间的兄弟河

1

097　有奶奶在的世界

117　有泉在山

127　嫁在河蓬的阿大

143　忆葛

159　那年秋日

171　年味

181　罗依溪记年

197　迎年的雪景

207　忆三舅

223　蚕豆花儿香

235　撒开了你那温暖的手

243　灰棚，瓦棚

261　当年村小

269　滔哥，不是一枚果子

277　附记　插画，插话

281　后记　小阳春里的秋瓜

无法完成的团聚

其实，

红尘人事

总在团聚与离别间

滚滚的。

虎雏先生走了，定在元月九日在北京做告别仪式。因种种原因，我不便前去，特写下这些文字以寄心迹。

　　虎雏，是沈从文一部作品的篇名，后来才知道，他家老二用了这个做名字。

　　我是在学校工作时，参加沈从文作品编辑工作才与虎雏先生认识，并开始有交往的。见其人，并不如他的名字，蛮头虎脑，或如作品中的主角"虎雏"那样雄健强悍，充满野性。他是一介书生面目，斯文白皙，直眼视人，深澈而真诚。

　　编辑沈从文先生的作品，我参加的有三次。第一次是编湖南文艺出版社出版的《长河不尽流——怀念沈从文先生》文集，收录有巴金、汪曾祺、黄永玉等一批大家亲友的纪念文章。虎雏先生的《团聚》就在列，而且很快引人注意。记得，张兆和先生还说过，想不到小虎还有这样的文笔（大意）。第二次，是参加岳麓书社出版的《沈从文别集》的编辑。这是一套便携小开本书，选了沈从文作品的精品，共二十集。每集集名用的是虎雏先生四姨张充和先生漂亮的碑楷题签，极其雅致。这是沈从文先生生前想出的一种书，主编自然是张兆和先生，沈虎雏是得力干将。从与他的编辑交往中的文字卡签看，他是一个极其细致的人。虎雏先生是理工生，机械手绘基本功好而且心细如发，字也写得一丝不苟。无怪有出版社编辑说，凡经虎雏先生过手的稿子，就没有编辑的事了。第三次，是参加《沈从文全集》的编辑，这是一项国家文化工程。张兆和先生、汪曾祺先生做顾问，由凌宇、王序、王亚蓉、刘一友、向成国等一批知名沈研及文史专家做编委成员，我以特约编辑身份参加有关工作。由于编辑原则要求，学术标准相当高，所有作品除应收尽收外，还须得以凡能找到的第一版本，或直接在原报刊上第一时间发表的为准。著名的《边城》，用的就是开明本的第一版本。

有的作品，发表的报刊在当时发行量就极少，有的便成了孤本，需得到各大图书馆去，一篇一篇地翻卡片找。有的孤本，已不堪复印和借出抄录，只能读微缩胶片，全不像现今百度搜索这般方便。记得中篇小说《阿黑小史》中有个"采蕨"的片段，发表在某报副刊上，只有国家图书馆有该报的微缩胶片。虎雏先生就把家里的小录音机拿出来，到图书馆去读录。我们俩，一人对着放大镜卷卷，一人朗读。比如，"起风了，逗号，……""起风了"是作品原文，"逗号"是作品里的标点，必须念出来，以便誊录不误。作品中，有阿黑与五明在山上放牛采蕨过程中，青春萌动，生理反应的情色描写，我们也一字一句照读不误。此时，我们都会呵呵一笑。读录完，就回马神庙，北京轻工业学院虎雏先生家里，或去崇文门张兆和先生家里，听着录音，用稿纸誊录下来。一般是我誊录，虎雏先生再仔细校对，我的湘西普通话不标准，有时也卡壳，往往校准一个字，要琢磨半天。有时到饭点，我们可以蹭到虎雏先生夫人张之佩老师甚至张兆和老太太做的饭。分工合作，一篇篇旧作就这样被整理出来了。

无法完成的团聚

后来，我离开了学校，去地方工作，恰好是沈从文先生的家乡。我在沈先生家乡工作，对当地人文、文化的一些知识，得益于对沈从文作品及其背景的了解。记得，虎雏先生还说，也算是一种人生因缘际会。

到先生家乡工作，因一些事情会常跑北京，有时也会去看看虎雏先生。当时，我与凌宇先生都是第十届全国人大代表，每年去北京开会，都会去沈家聚一聚。虎雏先生曾是第九届全国政协委员，我们有时谈点议政话题，但更多的仍然是沈从文及其作品编辑出版方面的事。有时，他也把一些新出的沈从文作品签名后寄给我。虎雏先生是一个工作狂人，曾被评为北京市劳动模范。退休后，虎雏先生就完全投入《沈从文全集》及其补遗卷共37卷、计1000多万字的浩大编校工程中了。

他们一家始终把我当作沈从文研究室的老师看，除了偶尔打趣地叫我的地方职务外，还是以老师称呼我多。这让我很欣慰，也很不好意思。

叫我老师，是他一家人的客气，也暗含着他们更习惯于与一个书生味多点的我打交道。虎雏先生长我近三十岁，但我从对沈从文的阅读和了解，到与张兆和先生及虎雏先生一家的接触中，学到了很多。不能不说，沈从文作品和沈家家风及行事风格，濡染了我这个乡下人的性格。

得到虎雏先生于2021年1月1日去世的消息后，我当时就用信息拟了如下一段文字：

之佩老师，沈红老师，闻悉虎雏先生不幸去世，感觉一个时代之人，之事，真的远我们而去了！不胜怆然！

忆起跟随虎雏老师编《沈从文全集》，跑北京各图书馆抄录沈作时的琐屑些小，仍历历如昨。以后，我离开了学校，离开了沈研，到地方工作，仍偶有相扰，总能得到虎雏先生温厚的帮待。接触沈从文先生作品，进而得近沈家人，无论沈老的作品，抑或沈家人为人风格，都模塑了我这个从湘西农村出来的懵懂人。迄今，我的湘西世界，仍只是两重：一是沈从文作品中的，一是纷繁现实中的。而这一切，仿佛都与虎雏老师牵连着！

他是一个总时时让我想起的人！

　　我离开从文家乡，然后又离开湘西，现在在湖南省城工作。在我的工作阅历中，沈研以及由此与沈虎雏老师的一点浅缘，已深深刻入记忆中！

　　往事可追忆，逝者却不复生！言不尽情。望二位老师保重！

　　我把这段文字发给了张之佩先生和沈红女士。1月3日晚，我又打通之佩老师的电话。那头说，我拨的这个号码是沈虎雏原来用的号码。后来，推销广告多，嫌吵，住院期间就停了，最近才充电重启的。张之佩老师简单地说了虎雏老师生病住院以及最近的一些情况。

　　最后，我说，我离开湘西到长沙工作后，就挂记着找机会去北京看看虎雏先生的，总认为是有机会的，而现在机会没了，永远没了！

　　又记起虎雏先生写的《团聚》，而我们却再也无法完成这个团聚了！

　　其实，红尘人事总在团聚与离别间滚滚的。

2020 年 1 月 7 日

故乡茶思

西溪的船
肖振宇.

先苦，

然后回甜，

这是九舅的茶味哲学。

冲一泡茶，水要尽量地烫，茶叶要足够地多，最好用大一点的玻璃杯，让芽叶在水的翻腾中慢慢舒开，一根一根直着浮起，又一根一根垂着沉下。一半会儿，绿茵茵的叶芽就涨满半缸了，茶汤洇成豆绿色。再就着杯沿轻啜一口，沁脾的香便弥漫开来。这是我多年的饮茶习惯。

看这天色，今春故乡又会有一个茶的好收成。此刻，我想故乡的茶园，想茶园里的九舅了。

九舅安眠在茶叶岭下一块茶地边已快二十个年头了。

九舅的离去，是在清明前出茶的时节。

九舅是极不愿这么早早地离开我们的。他说，好日子才开始起蒂花。他把好事情的开头叫"起蒂花"，就是说，起头好了，今后就会越来越好。

故乡茶思

凡起了蒂花，最终就会有一个大大结果的希望在。九舅是活在希望里的。

九舅是因癌症去世的。清醒时，他交代了两件后事：一是表哥、表弟开店做生意，要听政府的话，走正道，莫歪搞；二是自己与茶打了一辈子交道，做什么都不要忘了茶这个祖根产业。还说，归山就葬在茶园边。

九舅是酉水河边一个茶叶村的老茶农。茶，也因此很早地走进了我儿时的生活。我的人生，从记事起，就熏染上了浓浓的茶味。母亲嫁得很远，在很深很偏的山里面。九舅总惦着她，母亲是他相依为命的妹妹。

其实，九舅和母亲上面还有几个舅和姨。九舅和母亲是小外婆生的。九，是九舅在家里的排行。九，在当地也有多的意思，也是单数的极数，意味着够多了，不再要了。没想，九舅下面还是有了一个同样号九的妹妹。他们不像前面的几个舅舅，多少受一点外祖父家业鼎盛时的荫庇。他们生长在新旧巨变的时代，他们承受了家族变故最现实的困迫。

九舅对远嫁的妹妹不放心，总是花一天的时间，走大几十里山路去看她。母亲也时常带我和弟弟回娘家看舅舅。九舅的来探和我们的回省，便是我们儿时的小节日。

九舅来了，我们就在火堂里烧起山野特有的大蔸脑壳柴火。这时，九舅就会拿出他那个大号的搪瓷缸，泡一泡浓茶，与父母亲说一些正事，有时也呼我们的小名，问上几句功课之类的话。

看到我们几个村野顽童虽懵懵懂懂倒也健康的样子，就一边摩挲着我们的头，一边说，要得，花起蒂了，撑劲读书，今后会好的。像是安慰母亲困顿的乡里苦日子。这时母亲笑了，九舅也会笑。九舅一笑，他那口又长又黑的大牙齿就露出来了，印象中是特别黑亮的那种。

九舅好喝又浓又热的茶，水要滚烫，茶叶要大把大把地放。一口茶缸，往往是一半茶叶一半茶水。一口大黑牙就是酽茶浸蚀的作品。看着九舅嗞嗞啜茶那种神仙也不换的享受样子，我们好奇。九舅就会把又热又浓的茶缸递过来，让我们啜。一口下来，一股焦苦味呛进喉道，我们便会皱眉苦脸摇头吐舌地"啊——啊——"一阵子。九舅就格外开心地笑,说:"茶是个好东西,是个好东西!"又对着我说:"老大,你要学着喝茶,先扎实喝一口,不怕它苦,慢慢品,慢慢就回甜了。"

有一次,九舅来乡里看我们,还特意带了几棵茶树苗,让母亲在地角边种上。我们依嘱把茶苗栽下,似乎也栽下九舅的一份希望。他希望我们过上好日子,尽快带着母亲走出大山,犹如苦茶,先苦后甜,久久回甘。我们精心地莳弄着这几棵茶树,每年,自采、自炒、自用。九舅就这样把茶带苦伴甜地导入了我们的生活,浸入了我的生命。

去九舅家省亲,我们时常在茶园里见着他。开始是集体茶地,出集体工。后来,联产承包了,茶园就以优劣各等,按户计口分包。九舅家承包了离家远近不同的几片茶园。九舅家劳力多,舍得使力上肥,几个阳春下来,茶园大大改观,不但把承包的几亩茶园拾掇得水灵油光,还拓荒开发了好几亩新茶园。

每到春水初涨,阳雀开叫,漫山开满野樱桃花、梨花和油菜花的时节,几个初春日头一晒,茶园就碧油油地蹿出芽叶来了。清明前后，是茶园最忙碌、最热闹的时候，是茶农们的节日。

这时，老老少少都挎着竹篓子去采茶。茶分清明前和清明后。清明前的茶叫明前茶，也叫社茶，是茶中之上品。天气好，就要抢采。特别是雨后晴岚，山谷间鸟鸣人呼，春阳下，就会有好听的茶歌如山间云雾一样漫起来，悠远，也有幽怨。

这时，从茶山下瞰酉水河，河水宛如明前的第一泡茶，呈现出茶的淡绿色。夜间，家家户户都用柴火煨锅炒茶，茶乡便被清香笼罩了。

采茶是妇女老小的细心活，九舅很少做。眼看一茬一茬春茶上市。茶叶换钱再买粮食。九舅家的日子一点一点宽裕了，吃荤茹腥的日子多起来了。九舅有点不满足了。他会坐在茶园边吧嗒着旱烟，看着茶园发呆，望着山下过往的火车和小站进进出出的人群发呆。

他，在盘算一件大事。

不久，九舅就在小火车站旁边瞄准了一块偏地，开起了一爿小茶铺。接着是粉面摊、饮食店、小宾馆。很显然，那年头，九舅又敏锐地看到好日子的蒂花了。他很坚信，也很坚定地朝着那个好日子，一天天地走去。

九舅，和那个时代的农民一样，是吃过大苦的。他放过酉水河上的木排，打过鱼，拉过青鱼滩上的头纤，背过高望界的长脚（即陆上挑夫，因山路不便，担挑多用背驮，故名），冬水里淘过河沙，为枝柳铁路锤过道碴。

他走过四方，吃过苦，受过难，生成了自己的生存法则、人生哲学、待人礼道。无论开茶铺、做饭馆，他都手松油重，分量充足，不奸不欺。

小生意很快就红火起来。进得小店来的，不尽是生意，有的是候车借坐的，有的是误点搭歇的远方人，也有失魄落难的浪人。他却一应热情，敬茶一杯。每上茶，九舅都要关照一句，自家产的，水要滚开，茶叶要多放一点，才出味。

山下的生意日益火起来。山上山下一时照顾不过来，九舅又盘算着把山上的茶园盘出去一点给别人种。但他留了最好的一块。九舅说，茶是我们这块地方的祖根祖业。这里的茶，因了这方地理山水，品道一流。历史上就是进贡皇帝的贡品，还到国外比赛拿过一个奖。挑担茶叶上北京，给毛主席送的，就是我们这里的茶。九舅知道唱这首歌的何纪光就是我们古丈人。后来，还有唱家乡茶歌的宋祖英，他就不知道了，也不可能再知道了。至于，最近"古丈毛尖茶"成为国家与欧盟互签了地标产品认证的品牌这件大事，他就更不知道了。

九舅一直没有忘记他的茶园，随着年龄增大，他把山下生意方面的事交给表哥、表弟他们去做。自己上山专心莳弄他的那方自留的茶园，自采、自炒、自用，但每年都会把最好的明前茶留给我们。特别交代，是施农家肥和发酵枯饼的，要自己吃，味道上劲。

九舅走了。表哥、表弟没有忘了嘱托，没有把茶业丢了。随着时代变化，生意拓展，他们把茶园利用起来，一番改造更新，开起了茶园主题的农家乐，进而打造成了旅游民宿，用互联网搞推销，还成了网红店。这是九舅不敢想的，想必也是他乐见的吧。

茶叶，是九舅一辈子的心念和事业，它伴随着他的人生悲喜沉浮，也影响着家庭命运。现在，家乡古丈，这个人口只有十几万的小县，茶园已达二十多万亩。许多家庭靠茶叶实现了致富，县里也摘掉了贫困的帽子。真是家家户户小背篓，一叶一芽奔小康。一叶青茶，在老家人脱贫致富上，功不可没。

又到清明，我想九舅的坟头照例会有一缸上好的、茶叶要半缸的明前茶供着的。照例，我会回想起九舅对我说的话："老大，茶是个好东西，扎实啜一口，不怕它苦，先苦，再就回甜了！"

先苦，然后回甜，这是九舅的茶味哲学。

2021 年 4 月 2 日

做窝的鸟们

鸟是我的故乡，

是我的乡愁。

鸟们是我的乡亲！

看这架势，恐怕又要下雪了。窗外的树，光秃秃地支在那里，没有一只鸟。这棵没有，那棵也没有。鸟儿都去哪儿啦？我想起儿时乡下鸟儿们做窝的事来。

鸟儿做窝有自己的方法和习性。现在，从动物世界科考者的镜头里，可以得到教科书般纤毫毕现的精确展现。儿时，可不是这样。看鸟们做窝，是一件既兴奋又神秘的事。

故乡的标识

喜鹊登高枝，它的窝自然是高高在上的。循着喳喳的叫声，可看到一两只黑身白腹的喜鹊，嘴里衔着细枝条，出入于高大浓密的树冠里。树，是村边那几棵古枫、大黄杨木、榉树、青枫、楠木之类。

除了青枫和楠木，古枫、大黄杨木、榉树都是落叶乔木。这些树入了秋，叶儿由黄变紫、由紫变红。再入冬，叶，就差不多凋尽了，只留得一树的光条，枝枝丫丫，苕帚一样倒刷着天空。树高耸着，由下往上，逆光，衬着天看，便如一帧帧好看的木刻剪影。此时，树丫间就可见几处黑团了。黑团，就是平时难得一见的喜鹊窝。至于窝里有什么，不得而知。只有三两只喜鹊，翘首垂尾，在窝边逡巡，释放着那丝神秘。黄昏时，屋脊上的炊烟漫上来了，弥散在林间的薄霭里。偶尔也可见几只乌鸦。

随父亲远行归来。实在走不动了，父亲就会找一个高敞地，让我们歇息一会。然后，指着烟云远处那一丛树影，说，呐，看到大树了，下一个坳，再上一个坡就到家了。眼尖的弟弟，就会附和，看到喜鹊窝了。

每次出门，奶奶都会到村口送送。看不到我们小小的身影了，就不断呼着我们的小名喊。那喊声直到翻过坳去，还能依稀听到。这时，我会回头望一望。苍翠间已不见奶奶的影子，村头树丫上的喜鹊窝却历历清晰。我知道，奶奶的呼喊是从那里飘过来的。奶奶，就在有鸟窝的那棵树下的大石头上坐着。她是不能站很久的。

儿时起，村头老树上的喜鹊窝，成了我远望和记忆故乡的标识。

梁上做窝的燕子

燕子是衔泥做窝的。地方志载，"燕布翅歧尾"，"衔泥为巢，寄人梁上，春社来，秋社去"。儿时看到燕子做窝，便是如此，多在人家房檐、梁柱间。开始做窝时，几只燕子会在屋外堂前，徘徊飞旋好一阵子，然后"吱"一声飞进去，又"吱"一声飞出来。再进，再出，反复几次后，就有勇敢一点的，把小身子吸在木壁或梁间，摆着头一阵扫描，似在为垒巢打桩定址。小燕子们的这番操作，是在试探屋主的态度，是否有善意？是否允其垒巢？是否安全？然后，几番穿梭，不出几天，一个土垒的窝盏便在梁下慢慢成了形。随着燕泥由湿黑渐变成干白，安静几日后，燕子们又开始了新的穿飞，只是它们口里衔的不再是泥，而是小草和虫子了。忽然一天，窝里有了吱吱叽叽的声音，一窝雏燕孵出来了！这时，每一次母燕的飞临，都会引得小雏们夸张的骚动。小黄口大大地张着，攘攘挤挤的，真是懵懂可怜！

这种哺育场面，是我儿时唯一能真切看得到的。我们的教室，是一间有燕子做窝的堂屋。堂屋，是黑皮家的。黑皮，是我小时候的玩伴兼同学。燕儿在梁上呢喃，我们在堂下唱诵，"小燕子，穿花衣……"，两不相扰，倒还应景。只是，偶尔从窝里挤出的几粒燕粪，会掉落在不知是谁的课本上或脖子里，引来一阵嘻笑扰动。当然，那肉肉的燕雏，有时也会在挤攘中掉落。这时，伙伴们便会拥过来，一番叠桌搭凳，把小雏恭送回巢。这是人与燕子的同盟，哪怕早已在巢下垂涎的猫、狗也莫可奈何。

入了夏，随着最后一只雏燕的飞离，我们就再没有看到燕子归巢了。燕窝，却依旧好端端地附在堂壁上，成了空巢。这时，我们的心也空落落的。燕子不再回巢，风里雨里住哪里？明年还来吗？不知道。

屋梁上做窝，这神奇的自然设定，是人与燕子，相互的信任，共同的配合，彼此的默契；是生存的智慧，自然的法则。除非主人家有意去捣毁它的窝，燕子一般都会在其选定的人家，顺利地完成一个哺育期。一旦不幸被人捣了窝，到来年，那一家是再也不会有燕子来筑窝的。一般，乡下人都将自家屋宇多有燕子来仪视为吉庆、财喜的。我家五叔，就因嫌燕子落粪脏地，要捣毁它，被奶奶喝止，好一阵数落。在农家，故意捣毁燕巢的人极少。只要主人有善意，来年，燕子也大多会回来的。

燕子的春来秋去，不知牵去了我们儿时几多的好奇，也织密了我多少回回乡的梦。

"四害"抑或益鸟

麻雀，一名禾雀，又名瓦雀。麻雀做窝，多选在人家茅舍，或瓦屋的檐当口。上蹿下跳，口里叼着细茸草茎，在瓦当口，叽叽喳喳一阵进出，麻雀就在做窝了。麻雀的窝在瓦屋的脊缝间，虽可借瓦避风挡雨，但防不了猫鼠的侵击。有时也会从窝中掉落细雏，只叽吱几声，就会被猫或狗叼走。麻雀繁殖力极强，它啄食稻粮，所以也叫禾雀。

在那谷粒如金的年月，与人争食，无异于与人为敌，人皆视其为害，其生死故多不见怜。当时，国家倡导除"四害"，麻雀也被添列其中。奇怪，不知何因，现在乡下倒少见麻雀踪影了。偶尔在城里见到的，已不似过去那样多，那样聒噪，那样野性，那样有气势地群起群落了。

猫头鹰，是在高大的老枯树洞里做窝的。史乘载，"鸱鸺，头目如猫，昼伏夜出，鸣则雌雄相唤，初若呼后若笑，其音尖唤'挖空'"。鸱鸺，就是猫头鹰，乡里叫挖空雀。猫头鹰是夜出鸟，除了深夜里的咕叫，它的踪影都在月光和夜色的隐秘里，这给它的形象带来几分阴森神秘。骤雨风雪，是它的天敌。记得一个早晨，我在去园圃的小道上，捡到一只猫头鹰雏。当时，它尚未丰满的羽毛已被雨淋透，正瑟瑟在路边的草丛里，滴溜着大圆眼，张着小黄嘴，惊惶无助地叫唤着。这必定是昨夜的雷暴雨把它从树上刮下来的。我把它带回家，争得儿伴们好一阵子围观。大家按照臆想，合计给它做了一个小窝。我们实在无从知道它的原窝该是什么样子的。小窝做成，便随时防着猫狗，虫呀米呀地饲着它，但它终日哀鸣不食，最后还是没能救活过来。它死时，我们难过了好一阵子，还在屋场边的瓦砾堆里给它做了一个冢，最终让它融化到自然里去了。

后来，读史志，见里面有一段话，说猫头鹰"所至人家多不祥，俗恶之"。这我倒不以为然，毕竟，我家两兄弟都凭着读书考试，走出了那深深的山沟。比起被列为"四害"之一的麻雀，猫头鹰是灭"四害"的能手，当时的形象比小麻雀要正面得多。至于，黄永玉先生画的，睁一只眼，闭一只眼，被批为"黑画"的猫头鹰，密涅瓦的那只，被黑格尔视为"思想者"的猫头鹰，那属于猫头鹰文化的范畴。这都是另当别论的事。猫头鹰，终究是"益鸟"。

翠鸟，是鸟众里的高颜值

在洞中做窝的还有一种鸟，叫翠鸟。史书记载，"翡翠，……自惜其羽，日濯于水，为妇女首饰，俗呼鱼虎，又呼翠鸟"。无论翠鸟、翡翠，皆取其色，状其美。在鸟众中，翠鸟绝对是高颜值的了。称其鱼虎，可能是因其食性，食河鲜鱼虾，它应该属水禽。水禽中除了鸳鸯，还有一闪一闪、用翅膀剪着水飞的一种鸟，紫棕色的，我们叫它叮叮雀，或滴滴鸟，也很漂亮。当然，还有喜欢在江渚沙汀上起落的，何立伟写过的白色鸟。翠鸟，故如其名，羽色碧翠，喙口粗而长，差不多与其小身子等长。也有见过翠身黄喙的翠鸟。翠鸟常飞掠于刚刚过铧的水田间。它和成行结队的鹭一样，是阳春三月江南风景的标配，也是记忆中最浓稠的春意。翠鸟的窝，多做在田边，或水边土坎松软的沙洞里。据说，洞极深，有人掏过，单凭小孩们的臂长是够不着底的。有人从洞中掏出过螺蛳蟹壳之类，验证了它的食性是以鱼螺河鲜为主的。我想，翠鸟的高颜值，定与它的高蛋白食谱有关。

空巢，直留给人怅然与猜想

在乡间，绝大多数的鸟儿都就地取材，在乔灌木和丝草芭茅间设计构筑自己的小屋，繁衍后代。它们所做的窝，或在树丫上，或在草丛里，有大如碗钵的，有小如杯盏的。最可怜者，是拇指大的芭茅雀，窝做得极精巧也极隐蔽。放牧牛羊，漫行草间，脚边，会突然弹射出一只小鸟。鸟起处就可见一个小窝儿，里面躺着几粒琥珀玛瑙般的小雀蛋，摸摸还热热的。小孩们见了会捡取来把玩一番，大多又放回原处。大人们，看一看即绕行，不会碰它们的。一般，那被惊扰了的鸟儿都不会飞离很远，而是群聚在附近的茨蓬里，叽叽喳喳，鸣叫、蹿跳，表达着对侵入者的惊恐和抗议。

乡间拾柴，有时也会遇到空巢。鸟去巢空，里面已零散地落了橡子、枯叶之类。巢中曾经的鸟儿哪儿去了？殇逝？或已成年高飞？直留给人对其命运的怅然与猜想。

近来，在朋友圈常常看到晒农村老屋场的短视频。一些地方，大批农村人进了城，留下了一栋栋旧屋，一个个荒村。这些房屋无人打理，已荒草铺阶，苍苔入室，满院杂芜。稍老旧一点的木瓦房，多已坍塌。随着房子的残破，蔓上屋脊的野藤已取代了昔日那暖暖软软的炊烟。老屋场没了人烟气，也就少见燕雀们的身影。现在的农村，几乎每一个老屋场边，都兀立着新建的用瓷砖敷面的钢筋水泥大屋。有的模古，有的仿洋，一色地轩昂阔气。只不见堂梁上有燕子做窝、麻雀构巢。鸟儿们都去哪儿啦？它们到底在寻找怎样的烟火呢？不得而知。

旧农村老屋坍去，荒村既芜，仿佛新村蜕下的一张老皮，瘫萎在那里，任日月风化，只有村头的老树们，依然苞茂葳蕤，薜荔虬枝，青苔槲蕨，葱郁得有些瘆人。孑存的一两栋旧瓦木屋，偶尔吱过的几声燕语，会是乌衣巷中的那个群种吗？我穿越在这里，看着眼下的荒村，便想起唐人岑参《山房春事》里的几行诗来："梁园日暮乱飞鸦，极目萧条三两家。庭树不知人去尽，春来还发旧时花。"今天，这里除了枯篱老院间恣意开放着的杂花，乱渡的飞鸦，只有春日的主角子规的啼声，依稀微茫在这空山里，标记着时间和记忆。

其实，空巢也好，老屋亦罢。旧习惯，新生活。老屋场，新农村。它表达的是人类自然的嬗变规律，吐纳迭代的必然。

子规是乡鸟中的明星

子规，算是乡鸟中的一个明星。儿时印象，只闻其声未见其形，更不知其窝巢的所在。仅其称呼，据说就不下十种。子规是常名，学名杜鹃，史乘和民间对其也有褒贬。褒者，还附会了诸多传说和神话，它成了一只神鸟。神话里的杜鹃是这样的，它由天帝派来人寰，专司催春促耕，以其洪亮的啼叫，唤醒人们勤劳惜春，播种五谷。天帝指令它，一遍一遍、日日夜夜不停地叫唤，直至口中噙血，方可回天庭。乡间有一种野果，叫乌蔹，大致成熟于六七月份，果熟即成乌黑色，其汁殷红如血。当此季，子规就会啄食其果，染得满口血红，借此，它便可回天庭复命去矣。时入仲夏，子规的啼声果然日渐零落。绿肥红瘦，群鸟暗寂。蝉鸣一时还没接上茬。啄木鸟梆梆的啄木声却又那么稀疏而幽远。由子规领唱的喧闹乡野，就显得有几分空寥了。这时，我是确信，子规回天宫了。它的窝就应该筑在天庭琼宇间的。

另有一说，说杜鹃是一种恶鸟，恶在自不做窝，而恃强占据它巢。它便是所谓"鹊巢鸠占"

的那"鸠"。天庭，自然是不存在的。鹊巢鸠占，或许是经过博物学家验证了的事实。作为鸟类存在的一种繁衍行为，是断不可用人间的伦理大道去圭臬的。对于自然法则，还得相信老子那句"天地不仁，以万物为刍狗"。这里的"仁"，当作偏护、私爱解。尽管有占巢之恶，于我，对子规的印象还是正面趋褒的。它是春的使者，也是春的象征。也许，正是它那声声唤春催归的啼鸣，才让我们的乡愁有了响亮的寄托吧。

鸟生何寄

苍鹰、鹞子之类的猛禽大鸟，神出鬼没，盘旋在乡间云端的高处，属于鸟中的贵族。乡间有鱼化为鹏的传说。这些大鸟生于江海，翔于云天，栖于悬崖危岩，神秘无比。它们如何筑窝栖居，我们无从知道。想象中，起码应是鸟巢里面的皇宫圣殿，才可配衬它们的身份。只是后来，从贯微洞密的博物探险家的影像纪录中，得以窥其大窝的样貌，粗枝大叶，甚至将就在一堆砾石间。它们的大"窝"是何其潦草、寒碜呀！典型的鸟类陋室。

故乡的鸟，和鸟们的窝，是儿时记忆最鲜明的篇章，也是我人生的故乡世界。随着年龄的增长，我离家也越来越远，见过的世面也越来越大，有机会见识过各种土禽洋鸟，但它们大都已是笼中、园中或影像中之物，甚至博物馆中的标本了。它们靠人工投喂，居人工做的窝巢，四季无虞地啼鸣，供人娱乐遛玩，真个鸟生幸福！

　　快速城镇化，人类在侵占鸟儿们的空间，也有乡鸟偶尔飞入城里谋生的。它们来到城市，将鸟身何寄？

　　记得在我城居顶层的阳台上，某天，突然听到有"咕，咕——""咕，咕——"的喉鸣声。循声探看，是一对灰色的斑鸠。它俩就栖居在阳台闲置的晾衣杆上。窗角平台上已散乱着几根草梗、细木条，还有彩色塑胶线，甚至还有细铜丝。妻子说，怕是这对斑鸠要在我家阳台做窝了。好生一阵欢喜！我们一家约定，从此再不打开阳台上那扇窗户，以防惊扰鸟儿们。但我们的诚意，没有等来预期的结果。一段时间过去了，做窝的材料仍散落如初，或许它们已被惊扰，飞走了。我想，或许，

做窝的鸟们

这里供它们做窝的钢构实在是太硬太滑，它们的草根树皮无法附着？或许，平台上的水泥过生过冷，无法让它们的幼雏保暖？或许，邻家装修的电锯声够凄够厉？或许，许多或许，又不得而知。但，这里毕竟是城里人的水泥世界，不是它们的生境。

我至今怀念这场夭折了的、与鸟儿在城市空间里的偶遇。

身寄城里已逾四十年了，无论在什么地方，我是爱鸟的，看到它们，也就自然想起故乡。

鸟是我的故乡，是我的乡愁。

鸟们是我的乡亲！

2022 年 1 月 6 日

凤凰在下雪

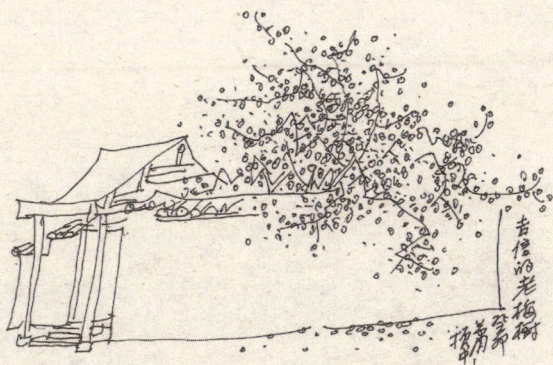

吉信的老梅树
杨柳荟绘

真希望，

今年的春节，

凤凰正下着雪。

"凤凰在下雪！"正欲出发，朋友就在电话那头催了，显然有点小兴奋。

　　因参加沈从文研究课题，我很早就与凤凰结上了缘。后来，因缘际会，我又被调去凤凰，工作了近十四年。相比一般人，我更了解一些凤凰的风物四时，多看了几场凤凰的雪。

　　那时，从吉首去凤凰，没有高速，更没有高铁，走的是209老国道。国道沿万溶江河沟盘行，湾溪、晒金塘、黄土坳一路过去，虽弯弯绕绕，却也一路桐花丹山，不乏好景致。比如，记忆中那飞花入户、薄林炊烟的满家小院。还有，关田山、老枫林下的古碾坊。

　　过去，总有这么一个观念，由吉首去凤凰，就是下凤凰。吉首是自治州首府，凤凰为其所管辖的一个县。去凤凰，自然有下的意思，是下县，下基层的那个"下"。因此，调往凤凰工作，也就有了一层下派、下调的意思在里面。但老凤凰人不这么认为。记得刚去凤凰那一阵子，逢人打招呼，会听到，你佬（"哪"音）家（"嘎"音）从乾州上来？再老辈儿一点，你佬（"哪"音）家（"嘎"音）从所里上来？这里的乾州、所里都是吉首的旧称，过去设过乾州厅。凤凰，虽也设过厅，却是辰沅永靖兵备道的治所，名镇篁镇，坐镇军政两大员，相当于现代的省军级地位。照此势位，由吉首去凤凰，自然是上了，犹如我们习惯说上省城。而由凤凰去吉首，这就是理所当然的"下"，凤凰人读作"哈（去声）"。其实，这里的一上、一下，纠结着的是历史和地理两个概念，不免令人恍惚。

凤凰在高处，是一场冰雪提醒了我。

由吉首出发去凤凰，同时下雪，吉首这头的雪总是着不了地，路还是黑湿黑湿的。山上的树、屋舍的瓦脊也是黑湿黑湿的，铁一般冷。一旦出了乾州，过篁子坪，再过三拱桥，便可听到车轮下的沙沙声，前车行过的雪印也渐渐清晰。过了吉信，雪已经完全盖住了路面，有的地方，踩下去，已没过脚背，怕都半尺厚了。

遇上这场愈走愈深的雪，才让我从地理角度审视了一下凤凰。原来，凤凰境内几乎所有的溪河都是外流的，主要流往吉首，或流向吉首方向。万溶江，源于凤凰山江，流向吉首乾州。沱江，源于凤凰腊尔山，经泸溪解放岩，流入吉首的河溪镇，进武水，入沅江。靠南一点，白泥江，流入怀化麻阳县的锦河，汇入沅江。至于西北边的苏马河，刚一出腊尔山台地就匆匆跌入了贵州境内的铜仁大峡谷。的确，凤凰在高处。有山水作标，冰雪为记。

就因为凤凰在吉首的高处，通常，天阴欲雪时节，吉首这边望雪欲穿，凤凰那厢就已是冰雪萌绒了。哪怕是同一场雪，在凤凰要比吉首来得早一点，消融得也更迟一点，也好看一点。所以，"凤凰在下雪"就成了凤凰人邀约朋友，而又让人无法拒绝的请帖。朋友也都会愿意搭上时间、盘缠，上凤凰来，为一场雪，饮茶，喝酒，发呆。

2021年凤凰的第一场雪下在12月26日。朋友圈里晒满了凤凰古城的雪景。我是深知凤凰雪的美的。

疫情屏蔽了人们大部分的线下，这场雪，倒给了古城一份难得的静谧，只是偶尔从小巷里闪出的一束小花伞，准备过年的几挂红灯笼，把这份静，点破了一下，然后又复归平静。沙湾边的吊脚楼，清溪巷的小桥，夺翠楼的翘檐，都着了雪。老营哨，田家祠堂，也都白成了一片。红岩井，城墙上，文星街，有人在堆雪人、打雪仗。北门码头跳岩上，站着三两个取雪景照相的游客……

凤凰古城，旧有八景说，曰：东岭迎晖，南华叠翠，奇峰挺秀，溪桥夜月，龙潭渔火，梵阁回涛，山寺晨钟，兰径樵歌。仅看这名头，就够古雅而诗意了。这八景，概括了古城风景的晨昏四季，各尽其妙，而一场雪，无疑是其最好的装点。八景之外，可观者，是沱江上游堤溪的雪。堤溪，是沱江从乌巢河、长潭岗峡谷冲出后，进入古城前的一块平缓滩地。滩与岸，一道沟堤隔着，不高。

堤外长着芦苇、蓼叶和一些水草，堤内是几垄稻田，然后是靠山的几处屋舍。沿河两岸，还有枫杨、矮柳之类的杂树。河潺溇处，有供人行走的跳岩、小木桥。平日里杂花生树、草木葳蕤的堤溪滩，这时，被厚厚的雪删繁就简，白茫茫一片。偶有挣扎着冒头的草茎树丫，稀疏而潦草，犹如白宣上的几笔墨痕……黄永玉先生回乡写生，多于此取景、赋文，有的作品已收入他的《永不回来的风景》小册子。堤溪的雪，因在城外，少有人打扰，别有一种静态和野趣。不知是缘于此处的田园风水，抑或是为着这一幅好雪景，画家肖振中先生，就在堤边大黄杨树下，盖了一间画屋，做了大黄杨堂主。肖氏父子皆擅画，手艺好，水墨、油画俱佳，业界有名头。他们写生或创作，也多以堤溪入画，犹多雪景。

凤凰的雪是可看，可闻，也可听的。看，闻，抑或听，有讲究。晨雪、暮雪，甚至夜雪，还有晴雪、雨雪，各有情调意韵，全在于你赋给它的时间、方位和情绪。忽如一夜，大地换装，乾坤斗转，喧嚣与躁动归于阒寂，华彩与龌龊褪成黑白。在热被窝里一梦醒来的你，会发现窗色比平时格外亮，然后推开窗户，那清奇扑面的一刹那触碰，是晨雪给人的惊喜。这时，有一竿雪压的竹枝探在窗口边，那就更妙了。

看暮雪，要在傍晚掌灯时节。由东正街、南门街以及傍小河的边街上，再过东门往回龙阁，沿沱江一路下去的街巷里，开着各色的门面店铺。红砂岩的街石被午间的融雪洗得又湿又亮，各家门口堆的雪人，拢的雪堆子，依然还在。店门里透出的黄色灯光和檐上挂着的红灯笼，暖暖地照着它们，同样暖暖的还有从店里溢散出的肉汤味和茶香，这仿佛是雪的气息。暮色，便由此进入雪的小巷，带着几分幽寂，深深地往夜里走去。

雪月，那是可遇不可求的。这得在一个高处，最好有露台，视野要足够开阔。记忆中仅见于旅居县委招待所"青山如是楼"的那一次。当日，雪下了一整天。入夜，雪转晴。月出来了。月是从观景山那边上来的，雪是白日里积下的。深静的夜，难眠的人。清朗的天，孤冷的月。月照积雪，高天远地。一色苍茫。这般景致，不知是月融在了雪里，还是雪融在了月里。雪月溶融中的旷远与寂寥，亦如诗画中的留白，乐章中的休止，给了赏雪月者无尽的空间……雪月，是晴雪的另一种情状，雪的另一副面孔。孤清高冷。

雪中的凤凰古城是妩媚千姿的。从笔架山，可瞰其全景。从奇峰寺，可观其神韵。从八角楼，可眺其气势。沿江边游目，则得其平远。坐虹桥上凝目，更添得一番闲适。而在凤凰赏雪，欲入其堂奥，窥其微密，则是不可不进凤凰人家的。古城多弄堂小院。地势所限，弄堂或仄或斜，但小院不论大小，都留得一方天井。风霜雨雪是可以经由天井入小院的。院内盛栽盆植多兰菊，更有因势择地，而种竹植梅，甚至芭蕉者。凤凰人，爱花，喜雪，也自然钟情梅竹。风摇竹影，雨打芭蕉，雪压蜡梅，是古城人的一份雅致和讲究。下雪天，雪片轻落于蜡梅花间，积于蕊上。梅雪相融，这雪也就可从花中看了，这花间的雪也就有了颜色，有了味道。难怪有人说，雪中蜡梅会格外香的。我想，这香，正是从冰雪中沁出的。北门对河兵房弄的"一勺居"，是我常

凤凰在下雪

去造访的一家小院。主人姓刘，名鸿洲，号一勺。说是院，其实也只那么区区一片。女主人唐老师喜欢兰花，院内高高低低插空摆着兰盆，墙边植老蜡梅一棵，开黄色的花。主人人品、画品、文品皆属上佳。心性如梅，也擅梅。现实梅雪，画中雪梅，我都在此得以见识。遇上一场好雪，梅也恰好开了，我们主客二人，会架起木炭炉，开一瓶酒鬼酒，就雪梅而对饮，屏去公务和时间，谈叙一些世事琐屑。一个冬，就在这份惬意闲适里了。

凤凰的雪也是可以听的，那得上南华山。南华山翡翠一样屏在古城的南边。由南门街出，过永丰桥，经石莲阁，傍文昌阁墙边，顺一条石径进山去。穿行在幽闭的树林里就可听到融雪的滴落声，感受雪滴不时滑入脖颈的那种惊凉。白雪覆盖着的南华山是岑寂的，只偶尔有一点山鸟碰落竹林树梢浮雪时的窸窣声。这种屏息的静，仿佛山下准提庵的钟声，也会随时惊落一树积雪的。若有轻风过来，一山的雪就被传染了，搅动了，这一团那一块的，此起彼伏地滑落。这雪，便有了呼吸，有了声音，有了生命。

在凤凰，看最野性的雪要去腊尔山。腊尔山是凤凰三级台地中最高的一级。腊尔山的雪，与南方雪的灵秀不同，它更具有北国冰雪的那种磅礴气概，是铺天盖地、吞纳山河的那种，是山树混浑、千山万径、天地一笼统的那种。缘于山高湿气重，腊尔山往往冰雪联袂，积久成灾。这是雪的又一副面孔。

介于腊尔山台地与古城之间的阿拉、山江、吉信这一片的乡雪，是得体可爱，更见烟火气的。那是国道边的一个小山湾，住着七八户人家。土墙青瓦，竹林篱笆，地角园圃，以及淹在雪地中的萝卜、芫荽、茼蒿和青菜，屋场边留树的黄柚和红柿，老树上的鹊窝，田角的草积……这一切都在肆意地构画着一幅幅动人的乡雪小景。哪家瓦背上漫起了软软的炊烟，炊烟下定是烧了大蔸脑壳柴的火堂，火堂的炕架上必然挂满了新宰的年腊肉……还有，山道间，依稀的一行鸟迹，会把你的视线引向竹林外的田畴远山。这就是满家的雪景。我是时常把满家认作沈从文作品《巧秀和冬生》那雪晴中的高枧的。

乡下人，也有植梅的。那是吉信镇国道边，万溶江河坎上的一户农家院落。院门上书"无丘"二字，应是庐名吧。墙角边的一棵红梅，一棵黄蜡梅，恣意地开在雪天里。我每次路过，都要驻足观赏一番。这两棵梅或许不像城里那样受场地局限，粗壮的枝干已挤破围墙，梅冠也覆盖了半个路面。主人并未事修剪，任其生长，长得枝条扶疏，自由洒脱，全不似城市景园中的那种老梅桩。

后来，我调离了凤凰，回了吉首，然后又进了省城。不久，吉凤高速通车，接着是209国道改造。要不因时日悠闲，或出于某种怀旧，愿走老国道的人不多了。沿途看雪赏梅的机会就更少了。吉信国道边这两棵大梅树和它们驻在的小院，是否能在一番番的城镇拆迁和道路扩建中幸存？大梅树命运如何？或许哪一天会被斫成梅桩，进了城市里的某家庭院？不得而知，但愿无恙！

我挂念着凤凰的雪，也挂念着开在道路边院子里的那组雪梅。

雪是新年的请柬。雪是春天的序曲。今年，凤凰的第一场雪已经过去。或许再有一场雪，就过年了。

　　真希望，今年的春节，凤凰正下着雪。

2022年1月18日于洪江旅次

杜鹃声里的记忆

照我思索，
能认识我
照我思索，
可认识人
　　　沈从文

从文墓地
肖拓帅敬绘.

一切安静，

一切干净。

这，才是沈从文的。

近读老乡友黄永玉的《见笑集》，捉到一句"杜鹃啼在远山的雨里"，勾魂了。

正是桐花清明、柳絮端阳的江南烟雨时节，今年又值沈从文先生诞生120周年。我不禁记起关于沈从文墓的一些旧事来。

忌日

1988年5月10日，1902年腊月出生的凤凰人沈从文在北京逝世。

5月18日，亲友及各界人士为他举行追思告别会。

中新社播发了记者王佳斌采写的通讯——《告别沈从文》。

新华社记者郭玲春，以《杰出作家沈从文告

别亲友读者》为题，作了报道。

过了 4 个年头，又在 5 月 10 日这一天，沈从文先生的骨灰归葬凤凰故里。

沈从文骨灰，一半撒入沱江，一半安放在听涛山一块天然五彩石下。

从此，5 月 10 日，成了许多凤凰人和文学热爱者记住的日子。

听涛山，成了时常有人流连观瞻的地方。先生忌日，或清明端午，会有人来这里献花伫立。

魂归

骨灰安放的日子，选定在 1992 年的 5 月 10 日。

这一天，专程从北京奉灵而来的沈从文夫人张兆和及子女亲友，同地方人士一道，捧护着沈从文骨灰，从下榻的县委招待所"青山如是楼"出发，经老莲花池，西门广场，进道门口，折入中营街。于中营街 10 号，沈从文故居，简短奠仪后，再转回道门口，走东正街，过南门十字街、旧镇台署、城隍庙，出东门，下水门口码头。

一路过来，脚下是沈从文儿时无数遍走过的

石板老街。街边，注目送行的，尽是他炸油粑粑、卖萝卜酸菜、吃早粉的街坊邻居，是从腊尔山、山江苗乡进城的乡亲老表，还有背着书包，匆匆赶去上学的文昌阁小学、箭道坪小学的小同学。

老街上，大家默然缓行，脚步轻轻。生怕惊动了《从文自传》里的这位小主人。生怕踩醒了铺在石板街上的，一页一页的童年。那个被腊八粥、社饭锅巴馋过的童年。那个因逃学、偷着下河洗澡被罚站的童年。那个日光下爬树掏鸟、捉蚱蜢的童年。那个计辰河高腔、傩堂鬼脸戏勾过魂的童年。那个到西门外偷看过杀人剁头，又惊又怕的童年……

水门口码头上的小木船，是早已备好了的，犹如他当年，一次又一次地离家远行。

到了码头，骨灰由沈从文儿子沈虎雏、孙女沈红捧着上了小木船，其他护随人员则沿河步行相送。

小木船，是常年在沱江上，捕鱼、装运柴米杂货、上下于各码头赶场的普通农家船。1982年春夏，沈从文携夫人张兆和回乡，漂流沱江河，坐的就是这种船。

　　船，收拾得很干净，由当地一位老船工撑篙。按习俗，先是老船工用酉水滩上和洪江木排上喊过号子的嗓门，悠悠长啸一声，小木船便在微微晃动中，缓缓离岸，向河中心划去……

　　一夜新雨，此刻的沱江水泛着淡淡的豆绿，河面涨起了一点雾。同儿伴们游嬉过，平日里老乡们划船捉鱼、捣衣洗菜，端午节还要锣鼓喧天赛龙船、抢鸭子的沱江，今天，却显得安谧，似乎着意等待一位游子的归依。

　　码头离虹桥不远，50米就到了。小木船却走得迟疑盘桓。好一阵子，才慢慢从桥下顺直穿过。

　　小木船行到回龙阁吊脚楼下的沙湾，稍作停留。此刻，坐在船上的沈虎雏和沈红，把素绢包裹着的骨灰盒打开，捧出一些骨灰，伴着花瓣，轻轻地撒入沱江水中。花瓣，是家人从北京奠仪活动上精心收攒下来的。

　　小木船继续绕万寿宫、万名塔下行。约200米，沿豹子湾水坝的漕口滑下，一段小滩后，顺流半里地，就到了听涛山下的水碾坊码头。

两岸，步行于依依枫杨下和霏霏柳絮中的，是一程又一程送行的乡亲、游人。空气里，有橘花甜味和榨坊里溢出的油菜籽香。

　　木船靠了岸，沿三段"之"字台阶上行，便是墓园。

　　亲友们已齐聚于墓前。安放骨灰的茔穴就在事先竖立的碑石后，一个半米见方的小土坑。土是当地的红砂土。

　　稍事小憩后，人们依仪肃立。张兆和走近碑石，率子女把先生的骨灰，同鲜花一起，轻轻放入土坑，然后手捧泥土，覆上，抚平。在场的人们，依序将一束束山花置于碑前。

　　整个过程，没有鞭炮与致辞，没有花圈挽幛的簇拥。倒是此刻林梢上的隐隐啸风，碑崖旁的咽咽流泉，山下沱江的汩汩水声，和南华山里一声高过一声的杜鹃啼鸣，让听涛山更显空寂了。

　　日光下，是幡帜般的白刺莓花，和从茨蓬里钻出的几竿新竹。

　　一切安静，一切干净。这，才是沈从文的。

船与岸

从出生的古城中营街，到骨灰安放的听涛山，水陆两程，不过两公里地，沈从文先生却走了整整86年。

从文先生说过，他从小就进了人生大课堂，读社会这本大书，一生与水有极大的关系。他的人生教育在水上，从水上"明白了多少人事，学会了多少知识，见过了多少世界"。他自己"最满意的文章，常用船上水边作为背景"。小学未毕业，他便从沱江出行，沿着沅水各支流、各码头，于船与岸、冷与暖的切换中，行走思索。为生计，他当过老师长陈渠珍幕下的小文员，芷江小县城收屠宰税的小税官，也受过"女难"的初恋挫折等。

他的一生被一道沱江、一支酉水、一条沅江紧紧系结着，一生纠缠在家乡河与岸、现实和梦幻里。他以行船的方位，取低平的视角，看世间风物万汇，看沿河码头，看苗乡市集，看古道渡口，看老街碾坊，看吊脚楼上、麻阳船上、洪江木排上的人间营生。他饱茹颠沛悲苦，却力图用安静和干净对冲现实的嘈杂、肮脏，用美和善消解人世的丑与恶，用智慧和健康替代愚昧与堕落……他相信可以以柔克刚，可以以弱胜强，可以以微笑对抗仇恨……

他熟悉水，理解水，酷爱水。他写的人事多在水中，故事也是鲜活淋漓的水边那种，"值得回忆的哀乐人事常是湿的"。

为此，他的作品人物大多温顺柔和，哪怕是遭遇锥心刺骨的悲苦疼痛，也不会轻易呐喊，至多给人一点春夏天气那种闷湿郁热的不适。

为此，他的作品，被解读为世外桃源，田园牧歌，远离现实，调和矛盾，甚至色情的，等等。

沈从文的思索，不取样于任何范式模板。他不谄媚权威，更不屈从于权力。他有"自己的生活与思考"。他的思考与书写，关注底层，烛照人性。他用深沉隐忍之笔，表达乡土湘西的"爱憎与哀乐"，描摹乡土黍离之痛。

叫沈从文表叔的黄永玉，在《太阳下的风景——沈从文与我》中，有这样一段，"契诃夫说过写小说的极好的话：'好与坏都不要叫出声来。'……从文表叔的书里从来没有——美丽呀！

雄伟呀！壮观呀！幽静呀！悲伤呀！……这些词藻的泛滥，但在他的文章里，你都能感觉到它们的恰如其分的存在"。

这方面，黄永玉是极懂他表叔的。

沈从文的情感脉息同家乡同频，他孕于湘西，属于湘西，也无愧于湘西！

许多人不理解他。寄身京华，作为京派作家的代表人物，却被称为"乡土作家"。而他始终说，自己是个乡下人。但他不只是个乡下人。他只是在用一个从乡下人的视角，裁取人事的素材，切割人生的样本，去做普遍的人性实验，解剖和疗治。他作品中的爷爷、丈夫、翠翠、三三、夭夭、萧萧、阿黑、虎雏、龙朱、天保、傩送、巧秀与冬生……犹如溪边探头饮水的小黄麂，林中踟蹰的锦鸡，水岸的苇草，路旁的大叶蓖麻，地头的苞谷、高粱，坡上的萧艾、芭茅和竹篁。它们顽强地存活，又恣意地绽放于湘西日晒雨淋的土壤和气候中，然后宿命地老死。一切顺应，一切听任，一切自然，一切无奈！无可控制，亦无从控制！

沈从文描写湘西世界里，这种晒在"日光下"

的生活，"对于农人与兵士，怀了不可言说的温爱……"，"一切充满了善，然而到处是不凑巧。既然是不凑巧，因之素朴的善终难免产生悲剧"。

在他笔下，美，总让人发愁。人物、命运与环境总是反差，错位，不协调，不稳定，由此构成冲突，让美与善，撕裂，无望，毁灭……

湘西山水的浸濡，让沈从文有处卑下而不争的水的特质，水的人格。而水的柔韧，又涵养了他凡事隐忍让人，痛不轻易"叫出来"的情感方式。

试读他的《边城》，恬淡诗意里，却少有人注意到爷爷、翠翠命运处处不济、屡不凑巧，那种无常与无助，那种氤氲于人物气质中，端午时节，人间四月天气的黏湿与郁热。

试读他的《长河》，只见沅水边吕家坪橘子园小主人，少女夭夭的玲珑乖巧，却少有人去预设山雨欲来的湘西事变后，带给她的明天将是怎样的"新生活"。

试读他的《丈夫》《柏子》，就能感受到黄永玉所读出的"像普希金说过的，'伟大的俄罗斯的悲哀'"。

试读他的《湘行散记》，尤其是他的《湘西》诸篇，屏息间，你就能隐隐听到古老湘西，跟随时代，顺应时代，在新与旧、静与动、常与变中即将崩裂的雷声……

其实，翠翠、夭夭、三三、萧萧一众湘西少女，她们的形象气质、命运性格，犹如尚未出山的清泉，正是沈从文悲悯乡情和无奈乡愁的隐喻与象征。

沈从文构建了自己的文学湘西，湘西也模塑了文学的沈从文。仅就文学角度而言，沈从文不仅是湘西的，更是中国的，也是世界的。

墓在听涛

知道沈从文先生去世后，骨灰一直厝在北京崇文门家中，当地人士便有了给先生建墓，请先生回家的意愿。

几番请说，沈家最终还是答应了，让先生归葬故里。但在墓地的选址上，张兆和代表全家给地方提出的要求，却是一长串"排他性"的"清单"。大意是，从文回乡归葬，一切务必简便。墓，不占耕地，不圈园，不堆茔，不阻道，不伐移植被，更不得建立任何亭、台、榭、阁、廊、阙之类的建构物。即便墓石，也不用人为琢制的那种。最好就地选一天然石，置诸闲地，略作标识即可。还特意说明，茔地所处，要能让周边老乡上山、下地随意从容经过。又不无幽默地说，哪怕过往牛羊在碑石上蹭痒梳毛，有点屎味、膻气，也无妨。唯一要求，是能听泉，可见水。特别强调，一切资费家人自理。

沈家这个几乎无求之求，把地方原准备圈地建园的计划打破了。

照此标准，到底选什么地方好，却颇费了一番周折。我当时跟随吉首大学沈从文研究室的刘一友老师，协同地方上的热心人士，曹义先生、田时烈先生、刘鸿洲先生、亲属黄永前先生等参与了沈墓选址的一些具体工作，得以见证了一些过程原委。一直在顾问此事的，有在外地的黄永玉，在湘西的龙再宇、龙文玉、吴官林、田景安等凤凰老乡以及沈从文的研究者凌宇教授等。

大家按照沈家开出的"条件"，四处踏访，几番比选，最后选定了听涛山。

听涛山，位于南华山南麓，居沱江右岸，属

旧"杜母园"一隅。杜母园是湘西镇守使田应诏的私家花园，园为纪念田母杜氏而建，故名。历史沧海桑田，园早已废。听涛山，说是山，其实只是南华山麓一堵残崖断壁。崖石呈赭红色，奇特的是，有各色卵形砾石融杂其间，犹如人工浇铸般，也称五彩石。石质地貌为沅水流域常见，然石之形成，询诸专家，未得所以。崖下有小土台，见方不足半亩。崖间罅隙纵横，多有冽泉泗出。崖石终年潮润，野箪杂菁，翁郁葱茏。古藤老树，根盘枝虬。崖间树上多有苍苔、槲蕨附生。泉边林下阴湿处，生麦冬、鸢尾、虎耳草和开紫绒色花的不知名小草等。拂荆扪苔，可见一些涣漫不清的时人题刻。显著者，有上款"民国正年"、下款"养性主人题"的"听涛"，黎元洪题署的"兴废周知"和下款"龙潭渔隐"的"云窟"等摩崖大字。

后来，大家约定，便以"听涛"命名此地。观其环境，倒也恰当。

选址算是落定了。接着是去哪儿找那方堪作碑碣的灵石。人工雕琢，不可取。开山炸石，不被允许。各种方案莫衷一是。

一天，田时烈先生有点兴奋地跑来告诉大家。崖上的树林里发现一块石头，是当地放牛娃给他的信息。经踏看，是从南华山崩落下来的一块散石，其状侧看如伏牛，正看又似灵芝，重近六吨。神奇的是，巨石就在选定的墓园的上位，采运极便，只需向下撬移数百米即可。

一道难题，在这偶然、必然间解决了。

石碑竖好，刻字的事，由沈家选定刘焕章先生去完成。刘焕章是雕塑家，又是沈从文侄女沈朝慧的丈夫，算亲属。

刻在碑石上的铭文，共两幅，正背面各一。正面是沈从文先生生前用章草自书的，"照我思索，能理解我；照我思索，可认识人"。后查证，这是一篇未完稿《抽象的抒情》开题的两句话。背面选用的是张充和、傅汉思伉俪吊唁沈从文的一副诔辞，"不折不从，亦慈亦让；星斗其文，赤子其人"。

听说，这五彩石，很硬，打坏了刘焕章先生几副好行头。

看墓人

听涛山下的沱江边，住着几户人家，叫杜田村。这个"杜田"，与杜母园、田氏家的业田有无关系，不得而考。这里有一汪泉，泉冽风凉，常年泊流不竭，凤凰人口气大，称它"天下第一泉"，是从麻阳进凤凰官道的必经之地。

听涛山下的码头边，是一水碾坊。一户人家，住在这里。主人姓廖，我们叫他廖师傅。

据说，这里也曾有过像茶峒的那么一个拉索的渡口，要不，怎么过得河那边的沱田、棉寨呢？廖家怕就是当年守渡口和碾坊的，没问。

沈从文墓选定在听涛山后，廖师傅也自然成了义务的看墓人。他平时在墓园上下转转，打扫打扫。偶尔也要喝阻过来嬉玩、摧花折笋的顽童。他有时为外地人当当导游。

廖师傅，做事认真负责，话不多，也不会说什么。他知道，先生是家乡出的文曲星，文庙里有供位，天上有星子对照着。所以，对自己这一份事也由衷地虔诚尽心。

那时，龙朱或虎雏常来扫墓。来时，会去到

他家里坐坐，带点礼品什么的。廖师傅也就拿出一些茶叶干笋之类的回送给他们。一来一往，他们走成了亲戚。

廖师傅若还健在，也应该是近九十的人了。

因缘际会，1998年，组织把我调派到凤凰工作。在凤凰工作的十余年里，我利用工作之便，对沈从文墓地做了一些修葺改造。

凤凰古城开发文化旅游，沈从文故居、沈从文墓地成了许多游客参观的热门景点。为了方便观瞻，我们对园区进行了适当扩展，重新规划整修了石径小道，增益了一些地方花木树种。疏浚了泉源，淘濯了水井。又在适当处，竖立了几方石铭。它们是：张兆和撰文，记沈从文事，黄永玉书丹的《沈从文家书·后记》（后文简称《后记》）；黄永玉先生题写的"一个士兵，要不战死沙场，便是回到故乡"石碑；凌宇先生作赋，黄叶先生书丹的《莺啼序》的碑刻；等等。

想来，我们后面所做的这些，多少有悖于沈家的初衷和我们的承诺，沈家未必都认可。但，我们坚持了沈墓园的公益性，不封闭，不收任何

杜鹃声里的记忆

门票费用，按开放公园模式管理。

来凤凰的重要客人大都会把拜谒沈从文墓放在行程上安排。我时常会作为陪同兼导游，一次一次地来到墓园。公余有暇，特别是春夏季，我喜欢招呼三两好友，沿沱江坐小木船，或从回龙阁、接官亭那边步行到听涛山来。围坐井边的磴凳上，沐风听泉，林荫鸟语里，一坐就是半日。

廖师傅，早已熟识，见我们到，就会提一壶茶上来，听我们一阵摆谈闲聊。有时，廖师傅会怨上几句，打个小报告，说是近来老有人牵牛赶羊地从这里过，踩坏了一些花树，甚至拉屎撒尿，把地方弄脏了。也有村里人来园里采蕨、挑葱、攀椿芽、拗笋子的。他的意思是想要我们发句话，允许他设点栅栏茨蓬之类的，挡一挡。我们听了，也只是笑笑。心想，这不正是泉下先生所熟悉且乐见的人间烟火气吗？

团聚

沈从文墓在凤凰成了著名的文化景点，吸引许多的访者为它作文赋诗，发微博，推网帖。

在热闹中却少见有关注到墓园边那些碑文铭刻的。尤其是张兆和那篇《后记》。她在《后记》中写道：

从文同我相处，这一生，究竟是幸福还是不幸？得不到回答。我不理解他，不完全理解他。后来逐渐有了些理解，但是，真正懂得他的为人，懂得他一生承受的重压，是在整理编选他遗稿的现在……他不是完人，却是个稀有的善良的人……太晚了！为什么在他有生之年，不能发掘他，理解他，从各方面去帮助他，反而有那么多的矛盾得不到解决！悔之晚矣。

从这几行词句中，我们或许读到了沈从文和张兆和一生情感瀚海中的涟漪点滴。沈从文和张兆和的一生，无疑是彼此深爱着的。但被这位"乡下人"追求的女子，却偏偏是江南苏州著名张府的一代名媛才女。他们这对，出身门第、人生阅历如此反差的结合，堪称传奇，甚至被人渲染演绎出许多民国八卦来。但一路过来，他们作为当事者，幸与不幸，格与不格，同他们同辈的许多伉俪，有相似，亦有不同。他们背负更多更重的，并不是他们自己的彼此，而是时代加赋他们的东西。他们自身个体，是无法抗拒，更无从超越的。

历史已经燃烧过，作为后来人，我们只是在灰堆里捡拾一些时间和故事的残骸。我们没有更多的资讯，也不在历史的话语现场，甚至也没有到达那种境界层次。在这里，去做任何窥测妄评都是不明智的。至于，那些惯于捕风捉影，"说谎造谣的文坛消息家"，构陷窥私的卖文网客，更应予以不齿。

人生社会，山川风月自是客观之物，至于"耳得之而为声，目遇之而成色"，这"声""色"都是耳目自己的事。而这耳目之声色，未必便是客观之声色。

我们始终认为，把有关文字镌刻在这里，既是对沈墓的一种丰富，也是对沈从文的一种解读。

对于沈从文，很多人不能很好地去认识他，理解他。张兆和也是一样，一生相伴，生前却并不完全地理解。

沈从文去世后，张兆和就着手沈从文作品的

出版和遗稿整理工作，分别担任了《沈从文别集》（20集）、大型纪念文集《长河不尽流》等的顾问，还与家人整理出版了《沈从文家书》等著作。

《沈从文别集》，是沈从文生前就想要出的，小开本，便于携读。张兆和做顾问，并撰写了《总序》。选目、编辑、开本、版式、装帖、印制都堪称别致。收入沈从文主要代表作品，一套20集。难得的是，每册封面画为黄永玉绘制，每集集名，都由张充和题写，著名的张氏碑楷，极雅。

《沈从文别集》在岳麓书社首版时，我校过清样。夏天，住长沙河西溁湾镇麓山宾馆。包不起单间，开的是三人间，大吊扇，竹篾床席。一住半月，经同了进进出出的旅客无数。有的很晚入住，早早又离店，照面都没打上。那时，没钱财，无隐私，治安好，不讲究。整日里，《长河》《边城》的，晕乎在作品校样中。窗外，楼下，"过河！过河！"的中巴揽客吆喝声同裹着汽车尾气的热浪，一同蒸上来。

随后，张兆和又同汪曾祺先生担任了《沈从文全集》（32卷）编辑出版工作的总顾问。我参与了编辑工作，主要是跑全国各地的图书馆、大学、研究所、资料室，拜访沈从文先生的相关亲朋旧友，搜集沈从文过去出版旧集的各种版本，和当时报刊上的一些零散篇什。然后，复印，抄录，校勘，再一一注出作品最初版本或发表时间、刊物、出版机构等，注解作品中的湘西凤凰方言等。其间，有的资料需张兆和先生及家人亲自过目甄别，我们便得一次又一次地去到北京崇文门外大街的沈家，对资料一一进行勘比。工作量很大，一去就是接连几天，我们干脆就把资料摊在家里，现场勘校起来。这时，张兆和先生便会亲自下厨，给我们做饭。菜端上来时，老人会笑着说，给你们当后勤。菜是精致的江南风味，软甜的那种。那时，年轻，吃得很安逸，全不顾及张先生已届高龄。闲话时，问到张兆和先生，什么时候再回湘西、回凤凰。老人总笑笑："会去的，会去的。去看你们。"并用苏州韵的普通话说："到时就要小张陪陪好了。"说这话时，在我面前的她，就像自家祖母一样。

　　有时，沈家会请我们下馆子。记得，一次是专门去全聚德吃烤鸭。那天，汪曾祺先生也在，还喝了点酒，脸呈了酱红，讲话声音有点嘶哑，却洪亮。

编辑这么多的遗稿，最用了力、动了情的应该是《沈从文家书》这本小书了。为此，才有了张兆和这篇著名的《后记》。

15年后，写这篇《后记》的张兆和在北京逝世。

又在5年后，这位让苦苦追求她的"乡下人"终于"喝上甜酒"的女子，再一次让"乡下人"，"喝上了甜酒"。

她来了，寻着"乡下人"的足迹，与沈从文团聚并融合在凤凰听涛山下。

5月18日，是沈家选定的张兆和骨灰与沈从文合葬的时间。

那是2007年，我是活动的见证者，于其过程，这里，我觉得应该全文引用岳跃强先生、田斌先生、田茂富先生当年所写的《从文夫妇听涛共眠》的报道：

近日，沈家后人将沈从文夫人张兆和的骨灰从北京移葬凤凰听涛山沈从文墓地。从此，这位曾叫"乡下人喝杯甜酒"的张兆和与沈从文听涛"共眠"，永远与凤凰的山水、乡情相伴了。

自张兆和于 2003 年 2 月 16 日在北京逝世后，连续几年来，凤凰县县长张永中都向沈家后人表达了将从文夫妇合葬的想法。

经沈家后人商议，决定采取简朴的形式，将张兆和骨灰从北京移葬沈从文墓地。

5 月 18 日，沈家后人捧着张兆和的骨灰从北京抵达凤凰。19 日傍晚，等沈从文墓地游客散尽后，沈家后人借来十字镐、锄头、铁铲等工具，打开了从文墓。当看到沈从文骨灰已经化尽之后，沈家后人说："他已经与乡土融为一体了。"

5 月 20 日 6 时 30 分，沈家后人与沈家世交、凤凰县部分领导来到墓地。没烧一炷香，没放一声炮，沈家后人静静地在墓穴底层铺上干花花瓣后，将张兆和骨灰洒在花瓣之上。之后，沈家后人将五色石墓碑上的青苔等除净，并轮流用浅绿色油漆将碑文填好。"照我思索，能理解我；照我思索，可认识人"等大字变得更为光彩夺目。（报道见 2007 年 5 月 28 日"星辰在线—长沙晚报"）

年年5月，今又5月。凤凰的5月天，通常会淋湿在清明或端午间的雨里的。

今年，迟迟未去的疫情，会再一次拴住人们的行脚吗？本来应该人流如织的凤凰古城，又会是无奈的静候吗？

我想，不管千里万里，听涛山下从文墓前那小小的花束，定然是会有的。沱江河上，嘭嘭擂鼓、划龙船、抢鸭子的端午节也一定会过的。

落笔的此刻，南华山里的声声杜鹃正依稀入耳。此间，听涛山墓园崖壁间的虎耳草，料已抽出了细长的花薹。

2022年4月5日清明

芭茅花

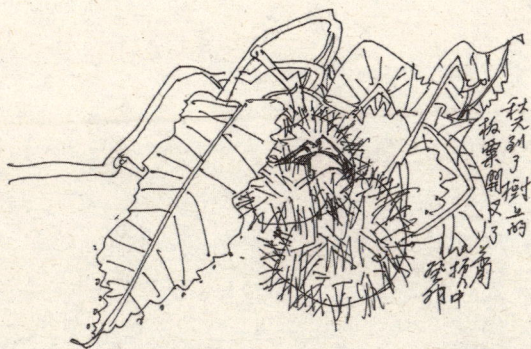

芭茅花，一经抽出，

便一直要到秋尽冬头，变成芒，

汇入《诗经》秋野里的苍苍蒹葭矩阵，

化入枫叶荻花的意境中。

芭茅花开在我的一种情绪里。因为，每看到它，我就会想起一个人，记忆起他的音容。尽管是那么地淡，那么地远了，淡远得几乎忘却。但那里的气味、颜色，现在还在。

在邻村黑皮家的一间堂屋做成的教室里读完三年级，说什么也得去公社完全小学读了。整个学校就我母亲一个民办老师。一、二、三、四年级挤在一个课堂上，那成什么样子？堂屋教室又那么小，梁上还有一垒燕子窝，这怎么装得下我们的好奇和喧闹呢？

那时，是人民公社，后来才改为乡。记得，我和应锡是同一期去公社完全小学读书的，是秋季入学的那一批。当时，是九年制，小学五年，初中两年，高中再两年。小学念到三年级，一般都得转到公社完全小学读四五年级，再升初中。

在公社完全小学的四年级开始直到初中毕业，我与应锡一直同校。记不清他是不是和我同过一次班。他给我的印象，脸是白皙的，单眼皮，斯文的那种。这在我们乡下野孩子群里，怎么说都有些另类。他气质似乎有点忧郁，不多话。说话时，只偶尔闪你几眼，不正视你，有时胀得脸红。后来才知道，他是我们一山之隔的邻村人，同姓，按大家族排，还长我两个辈分。总之，他的形象就是我心目中的小小少年，少年维特，或一首流行歌里的小少年形象。以至后来，读《红楼梦》时，贾宝玉也叠进了他的影子。

他怎么会是贾宝玉呢？我不知道为什么会有这种感觉。公社完全小学，给离校较远的学生都提供寄宿，五到十里的都到校寄宿。我们离校都在五里开外，需寄宿在学校。宿舍就在教室天花板上方，人字瓦顶下。晚上不时会有老鼠撕咬追逐着从枕边窜过。夏天，瓦背就在头顶，会热得发烫。雨天，能听到雨点落在瓦面那种带有泥缶味的声音。学校统一用大蒸锅蒸饭，由一位姓杨的师傅主厨，除了老师，不给学生供应炒菜。每周，我们都要回一趟家，背米取菜。星期六放学回家，星期天再赶回学校。一个星期的米菜都装在一个背篓里或一个布口袋中，背着或用一根短棒挑着。同村或邻寨的三三两两邀着上学。印象中，应锡不喜欢像我们男生那么挑着包袱，他背的是一个背篓，用花细篾织的，很精巧。他的穿着也比一般男生干净。他的被子，总是叠得整整齐齐。值班老师很喜欢他。

慢慢地，我们有了交往。过了春，入了夏，天色就黑得晚一些。晚自习前的那一段空暇时间，也就相应地长了。我们就邀着在学校周边的山林、田园、溪边走走。深春夏至，大多数的花已谢尽，山坡土地都让给了绿，所谓绿肥红瘦的那种肥绿。这绿，染得满眼苍翠葱茏。

这时，芭茅花开了。

芭茅一般都顺坡就势地生长，与其他杂生草木的披离不同，它总是成团成簇地蓬生着，绿色修长的叶，犹如侧出的一把把碧剑，在空间里拉出潇洒劲直的线条。层层叠叠，像一堵堵密实的绿色瀑帘，一坡一坎地挂着。只有开花抽穗时，孕穗的叶秆，才一枝一枝地从瀑帘里昂起来。严格地说，芭茅开的不是花，是抽的穗。初开时，更像毛茸茸的笔头，接着慢慢夯拉着伸长，散开，再散开，然后才绽爆出紫粉色的流苏，松蓬蓬的，如扶苏飘逸的马鬃拂在空中，远看如一团轻霞。从来中正刚直，即便枯死，也不蔫不萎的芭茅，一生的柔美尽在此刻展示了。

小路的两边、坡头、地头、坎上、坎下，都是芭茅的天地。平时，不怎么注意它们的存在，现在，花穗突然一打一打箭似的从绿丛里射出来了。芭茅花，一经抽出，便一直要到秋尽冬头，变成芒，汇入《诗经》秋野里的苍苍蒹葭矩阵，化入枫叶荻花的意境中。

芭茅扬花抽穗时节，我们会剥弄几秆在手上把玩，或上到一个高处，以穗秆为旗，顺着溪流沟谷方向，朝着被芭茅丛挡拂得时隐时现的山路的方向，望那似无边无际的山影。想溪谷尽头、路尽头、山尽头那边的世界，也会莫名生出一种望尽天涯路强说愁的况味来。

从山坡往下走，过一架小木桥，便可绕道去

两岔河口上的公社卫生院了。我们散步，常在此盘桓。卫生院是全公社唯一一栋砖房屋，呈 L 型，也是外地干部最多的地方。当时，管凡吃国家粮的都叫干部。我们依然在溪边那块石头上坐下。闻着从医院那头飘过来的碘酒来苏味，看那穿着白衣裇的医护人员端着药盘进出的身影。他突然说，你知道小赵医生讲的什么话吗？是长沙话，好好听的。她穿的那双白鞋子，走路也很好看。他像是自问自答。

　　他说的小赵医生，是刚分来的医科大学生，其实是护士。当时，乡里人对医生护士并不怎么分的。他，得过病，是要命的那种。小赵医生给他看过病。插有芭茅花的那个窗门里就是小赵医生上班的地方，他指给我看。

　　有时，我们在水边坐，会沉默好久。将一双脚泡在清流里，用芭茅穗撩拂着水玩。有时，会定神看着澄静的水面上浮着的一只只水黾，就奇怪它们为什么能在水上滑行如履平地。有时或放几匹树叶，或干脆把芭茅秆扎成小小一排架，用穗花作帆，把一只只毛毛虫、尺蠖虫、小甲壳虫之类的，或把一只卸掉了大长脚、掐了翅的蚱蜢放在上面，让它们顺一脉清流远去，也把一点少年的心思逐水放走。

更多的是，无边无际地聊一些事儿，也有与芭茅有关的话题。他说，他想当干部，走出这山里。他说话时，眼睛不时朝着卫生院那插有芭茅花的窗口望去。我怀疑，那窗门上小旗帜样的茅花，定是他什么时候偷偷插上去的。

他，不是贾宝玉，只是一个在想心事的少年。我注意到他唇角上依稀的萌绒。

哎哟，他轻叫了一声。他用手够一秆临水的芭茅花时，手指被划了。他把手指放在口里吮着。芭茅的叶片边沿常常有锋利的细齿，就是这刚硬的叶边齿，时常会划伤我们的手指、皮肤，也割痛我们的回忆……

芭茅的秆似竹，叶如剑，味却甘。芭茅青叶是牛最爱吃的一种。那时缺粮，入冬，人们会专门上山去把那些尚未枯黄的芭茅叶割下来，扎成一把一把的贮着做冬饲料。到了下雪天，牛不便放出来，得圈养着，就把芭茅嫩叶当青饲给牛吃。这时的芭茅又叫牛草。割芭茅叶叫打牛草，在生产队上可记工分的。芭茅枯干了，我们把它割下来当柴薪，或送往纸厂造毛糙纸，穗秆也可以扎成除尘扫地的扫帚卖钱。我们都帮大人干过这些事情。

芭茅的这么一些用处，让我们对它多少有一些好感，却也谈不上如何喜欢它，毕竟它带给我们更多的是劳作的艰辛，还有那刀剑般的叶沿齿留给我们的道道血痕。它实在是太普通、太普遍了，甚至太强势了。凡有它生处，就没有了别的植物的地盘。抢地，争肥，霸光，挡路……那时，还没有什么生态保护概念。以粮为纲。人们常常成片成山地砍树烧畲，沿袭刀耕火种的耕作方法。烧上一片，种上一茬，小米荞麦一收，便被废弃。这时，新地很快就会被芭茅占领。它们密密匝匝，刈割不尽，火烧不死，极其顽强地满山满沟地泛滥着。

我们的散步，有时也会钻入这芭茅丛中。我们熟悉并感受着芭茅的四季生态。芭茅也有它生动可爱的时候，它的颜值高光时刻，就是它抽穗开花时节，像稻子的穗头、高粱的锥薹、苞谷的天花。那时，饿，见到植物都会往粮食方面想。这时的芭茅穗花，红粉粉的，特别逢到一场夏雨之后的清晨，背着晨露霞光，或夕阳晚照，更是入影入画的。如果，正赶上一群芭茅雀，落在薹秆上面，摇摇曳曳地呼唱，山野就格外生动起来。

散步时，应锡常揣着一本《新华字典》，念念叨叨的，不时抛出一个个生字难词考我。比如，他考我，"憧憬"怎么读？怎么写？什么意思？我顺口说"童景"，他说，读对一半。他便耐心地解读起这个让他无限憧憬的词来。那时，我就觉得他与我们的懵懂、野性不同。他，不野，很在乎自己的学业成绩。记得，我们的一次作文，自由命题，我和他都写了芭茅草、芭茅花。这大约与我们的散步和日常所见有关，也自然融入了我们在队上割芭茅草饲牛、割芭茅秆卖钱的实际生活感受。老师就用红墨水笔，在我们作文的一些句段上，画出了许多波浪线……

不知不觉，我们进了初二年级。高考恢复了，国家急需人才，初中毕业可以考中专，高中毕业可以考大学。同学们开始分流了。

又一年后，我考到了县第四中学读高中。那时，公社开始改为乡，本乡没有设高中，得到更远的一个乡去读。上学的路，更远了，要走好几十里山路。原来一周可以回一次家取米取菜，现在做不到了。这么远的路，光走下来就不容易，背米带菜，已不现实，得把米菜换成钱和粮票。

那一年，听说他也考取了一所中学，比四中更好，但也更远了一点。从此，我们就再没有联系了。

一次，偶然在乡场上，遇到与他同村的一个老乡，我打听他的情况。那老乡正照看着两只待卖的小猪仔，只说了句，应锡啊，他过去了。过去了，是我们那方人，说某某死去了的委婉说法。

过去了，也就是过到另外一个世界去了。他过去了，说是那年上学，不方便从家里背米背菜了，家里又一时换不出足够的钱和粮票，父亲就不再让他读书了。他被留在家里看牛、种田。后来不久，家里人要他尽早成亲，托媒人介绍了一个对象，是一个裁缝家的女儿，他不愿意。又有一说，他哥哥不在了，留下孤儿寡母，父亲要他和嫂嫂去过，他也不愿意。又后来，听说，他喝了农药。

芭茅花

事情说得隐隐约约。我没办法把他不读书后的生活连贯起来。再问，什么时候的事？那位老乡说，大前年热天。热天，即我们那边说的夏天。算来，正是我们参加高考的那一年。那人告诉我，他就葬在去他村里的路边的一块芭茅地里。说，当时，他就是在那芭茅丛下喝的农药。走时，穿戴整齐干净，边上一个空农药瓶、一本《新华字典》。看来，是一心要上路的样子。那人又补充说。

乡里有忌讳，不满十六岁而殁，视为夭殇，叫化生子。死了是不能进屋场的，更不入家祠。若死于野外，一般就地草草掩埋完事。我想，照他的年龄，也就十五六岁的样子，又是意外殁去，享有的只能是一个浅浅的土堆了。

坟？你说他的坟？都长芭茅草了，盖住了，看不到了。那人再补充说。

应锡的死，是我不可想象的。但现已确证，他死了，埋在芭茅地里。我知道，只屑一个春秋，芭茅的绒籽就会飞满他的坟头。又一个春夏，芭茅也会将它覆盖，很快就会葱茏一片，很快就会有茅穗生出，很快就会有鸟雀在茅草间做窝……我能想象得到，一旦入秋进冬，茅穗上的绒花渐次扬尽，直直昂昂的茅秆，挑了枯干发白的穗头，在秋光冬日里举着、举着，远远望去，猎猎如旌旗，皓皓似幡帜，阵仗气势都很大。

2022 年 5 月 13 日

流在我心间的兄弟河

西溪小景 高行健

我的兄弟河有两条。

一条自然的河，淌在地上。

一条灵魂的河，流在心间。

我的兄弟河有两条。一条自然的河，淌在地上。一条灵魂的河，流在心间。

　　地上的兄弟河，在花垣，它向北流往清水江，由保靖注入酉水。人们时常也把吉首的峒河叫兄弟河，它朝东，流向泸溪，进入沅水。

　　它们都从高山上走来，一路承露纳泉，从涓流到奔涌，千沟万壑地在湘西土地上织成密密的水网。它们化云作雾，滋育坡地上的苞谷红薯。一转动筒车，浇灌田里的瓜蓬秧苗。它们摇橹拨桨，载运满河的木排帆船……出鱼虾，产桃花虫。有杨柳岸，桃花坞。有跳岩桥，拉拉渡。有水碾坊，吊脚楼。还有地里的菜花黄，崖上的樱桃红。有山下的墟里烟，岭上的杜鹃啼……在它们润育的土地上，山泉甘冽，鸟兽成群，植物芬芳。千百里

流在我心间的兄弟河

路，千万年走来，传承祖先歌舞，幻现巫觋神魅，操劳柴米油盐，流淌喜怒哀乐。有时铁血金戈，总是儿女情长。一路风情，一路风景。一路传奇，一路故事。

世世代代的土家寨人和苗里乡亲是河的主人。他们在这里相依为命，生生不息，同山共水，唇齿相依，兄弟相称，和睦一家，如同孪生的兄弟姐妹。如果说，沅水、酉水是系结这对孪生兄弟姐妹的脐带，那么，洞庭就应该是他们的胞衣。从广义上讲，沅水、酉水也是湘西一对孪生的兄弟河。

这两条孪生的兄弟河，风雨纠缠，生死相依。团结是他们的法则。团结，犹如洪荒里的篝火，使他们战胜严寒与猛兽。团结，犹如法力无边的神器，使他们战胜敌人与灾难。团结，犹如无穷的动力，使他们战胜贫困与愚昧，跟进新时代。团结，就要有团结的样子，像这里的山水一样，像自家兄弟姐妹一样。要团，就要像箍杉木桶一样，团得圆圆的。要结，就要像石榴抱籽一样，结得实实的。团结，成了他们的阳光、空气和生命。

所以，以土家族、苗族为主体的湘西各民族，把共有的一张报纸，定名为《团结报》。从此，《团结报》成了他们的史记传书，民族谱牒，精神图腾。

《团结报》创刊五年后，因了湘西地方的一份山水情缘，又顺利诞下《兄弟河》副刊这个宁馨儿。《兄弟河》文艺副刊一经问世，也就成了文艺青年追梦的圣地，灵魂的舞台。

《团结报》，是团结的报纸，它的副刊《兄弟河》也就自然成了兄弟们的河，流在我们心间的河。这条兄弟河，就像地上那条兄弟河滋育苞谷红薯、瓜蓬秧田一样，滋育了诗歌散文、小说戏剧。这条兄弟河，承载着湘西文学的昨天、今天和明天，寄托着湘西文学青年不熄的梦。

对我来说，淙淙汩汩的兄弟河是亘古就有，来无头、去无尽的永恒。我今生有幸能在这条河边徜徉盘桓，有时也掬饮一捧。

记得是在大学二年级时，我们住在叫大田湾的地方。大田湾是峒河（另一条兄弟河）绕成的一个大回湾。校园在大田湾挽着的半山间。当时，有奶牛场、吉首制药厂、湘泉酒厂，品字形围着我们。我们的书香里时常拌着牛粪、药味和酒香……

这些味道，和校园里的橘香、桂香、栀子香成了我们诗心萌动的激素。我们在橘花、桂花、栀子花、夹竹桃织成的树荫下，三三两两地讨论诗文与远方。

那是一个文学神圣的时代，把发表作品、将名字变成铅字作为梦想，崇敬铅字里的名字，尤其见到身边人的名字上了铅字，往往与有荣焉。当时，恰值沈从文重返文坛视野，文学界掀起第一波沈从文热。1982年，沈从文回乡时还访问过我们学校。湘西青年的文学激情被全然撩起，人人都揣着一个争当沈从文的梦。那时，就知道，湘西与文学，是那么地亲、那么地热，而与湘西最亲热的人就是老乡友沈从文。那是一座文学圣殿，看到沈从文作品里呈现的保靖、里耶、茶峒、王村，一个个熟悉的地名，以及所展示的湘西世界，让我们感到新奇而又着迷。如果说沈从文稍有点高远，那更贴近我们的文学园地就是《团结报》中的《兄弟河》副刊。

教文学课的老师，讲经典以外，常把《兄弟河》上的好作品、好作家推荐给我们。印象中，当时就有颜家文、孙健忠、彭官智、蔡测海、彭志明、吴雪恼、向启军等。有时，老师也推荐他们自己发表在《兄弟河》上的作品。一次，上写作课的李国珍老师，在课堂上即兴朗诵了他的诗作《车过矮寨坡》。诵毕，说了一句，要看原作，你们就去找《团结报》的《兄弟河》。他的作品，就发表在这个副刊上。我们便把《兄弟河》视为最亲近自己的园地。

大学里，我们呼朋引伴，组织文学社团，用油印出版自己的作品，把认为好的作品，由老师或社团推荐给各文学期刊，其中就有《兄弟河》。

那时，正值青春期与文学热对撞，我们文心悸动，文艺"高烧"都在一百摄氏度以上。我也写过一首诗，投给了《兄弟河》，不久就刊出了。诗才十几行，因其中有一句"当牧童把暮色牵进村庄的时候"，引得同学们好一阵骚议。一位姓许的同学还因此专门邀我绕环城路、武陵山走了两个大圈，一路尽谈诗与文学，一股除文学粪土一切的架势。

进了大三、大四，课业日紧，写论文，教育实习，文学写作与发表的激情稍褪了些。倒是非文学系的几位学友，如彭学明、彭世贵、何旭、谭滔等，一篇篇作品在《兄弟河》等报刊上发表出来。

《兄弟河》见证了我们的文学青春。一代一代的湘西籍作家、诗人就是从这里喝上文学的第一口定根水，然后初长，成熟，成家，绿荫华盖漫世界的。

晃眼，《兄弟河》已六十五岁了。在我看来，六十五不是它的年龄，它本就是一条不老的河，是不用岁月纪年的。它是一条永远有文艺青春注入的河，不会枯涸，犹如山泉，只要青山绿水的湘西在，它就总是在我心间，透亮清澈地流着。

2022 年 5 月 17 日

有奶奶在的世界

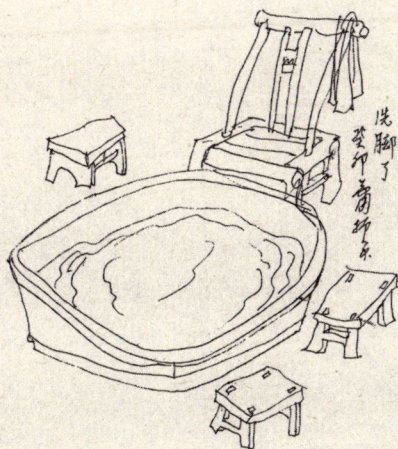

洗脚了
奶奶菊东

曾经的那个世界，

是奶奶在的世界。

奶奶在的世界是我的童年故乡。

"阿婆，你莫再送了。"我们再三劝说。

阿婆，就是我奶奶。我的家乡在沅陵、古丈、泸溪交界的地方，人们除了平时说西南官话的汉语，同时还能讲一种古老的方言——佤乡语。土家语和苗语的东部方言——章苗，也时常用。我们那里，管奶奶叫阿婆，爷爷叫阿公，父亲叫阿爹，母亲叫阿娘。这种称呼，不苗，不土，即便进了城市，我家还在沿袭。叫着，叫着，它成了荡动在我心底深处的灵魂呼号。

终于，奶奶没再坚持。在村后山口的一块大石边，她蹲下了，跟着的狗儿小黄也蹲下了，像两尊雕像。

我们把背影留给了奶奶，踩着村边一条灰白色的小路往山外进发。我们的行脚，没有扬起风尘。

我们老布鞋的软底，没有在石板路上踩出脚印，也没有踏出声响，只是迎着带露水的阳光，默默地，一弯又一弯，一坳又一坳，一程又一程，一直走。直到好远，好远，我才敢向那烟树深处回望，心却被依稀还能听见的奶奶唱呼我名字的声音摇曳着。

不知道，这次离别，竟是与奶奶的永别。很长一段时间，我才意识到，我失去奶奶了，我失去了曾经的有奶奶的那个世界。我也失去了，有奶奶目送的离乡时的背影。

曾经的那个世界，是奶奶在的世界。奶奶在的世界是我的童年故乡。

一

我出生在酉水边上的罗依溪，但我童年的大部分是与奶奶在故乡过的。故乡，一个挂在半坡上，只有十几户人家的小村寨，叫亮坨。亮坨，是苗语，意思是一个有很多大树的地方。没有来处，未知去向。我一出生它就横亘在我面前了。我是横插着进入这爿世界的，也是奶奶把我牵进这个世界的。

生来，我就看到了村寨边的大树林子。有大

黄杨木、大青枫木、大栾树、大椿树、大青树、大乌桕树，有板栗，有枇杷、橘、柚、桃、杏、梨、李，还有纠缠在树上的薜荔藤，以及连片成荫的杂木竹林。那么，有松树、杉树、柏树、楠木吗？有的，它们都在山上、溪坎、崖边和屋后的大坡地里长着。大枫香树，仅屋场边就有十几棵，一入深秋，叶红如火，是树们绝对的主角。而那棵大黄杨木，快五百年了，是当然的树王。有落满毛茸茸板栗花和枫球果，通往树下水井的石板路。有丰半年、枯半年的水井和一众从不会误四时的花草虫鸟。

　　我想，上帝在造化它时，是极其匆忙、潦草的。一个坡面，一堵断面，一截切面就架构成了。那混搭蜷曲的样子，我怀疑，是一次古地震的杰作。村寨的所在是五六平方公里的一面大陂，大陂呈六十度的斜面往坡谷的巴夯插去。巴夯，乃苗语，小溪沟的意思。然后又把一堵近八十度的切面从谷底拱起，形成与之兀立的对门山。村寨的右边是一壁垂直九十度的断崖，崖下是一条叫边龙溪的小河沟。为什么叫边龙溪，已不可考。当地人迷信龙，相信有龙的存在。凡暴发山洪、泥石流，都认为是

有奶奶在的世界

101

地底下的龙在扭动，边龙溪必是一条地灾多发的溪沟。叫边龙溪的小溪河与叫巴夯的小溪在村前谷底汇合，流向酉溪。酉溪再在乌宿二酉山下与酉水汇流入沅江。溪沟里布满从山上滚落下来的大石，如屋，如船，如牛，如斗，如碗，如拳，如鸡卵，涨水时会激出汹涌波涛与飞瀑。平日里，则清冽如山泉，在巨石阵里淙淙潜流，落成一叠又一叠的碧潭，任羊角鱼、百条鱼、红翅膀鱼在水上浮游。有铁黑壳溪蟹、半透明小虾在浅水石缝间横行，也有疏影横斜的山花藤萝临潭照影……

如果硬要架上罗盘，按青龙白虎、朱雀玄武地东西南北一番，亮坨的地形是极不规则的。能辨识方位的，只是由寨子中心蛛丝般牵出的山路，网住周边的几个村寨。往左上走去的，是枞树溶、坨坪。上对门坡的，是竹山寨、大溪坡。顺溪河下的，是茅溪、马草坪。过水碾坊上坡翻坳的，是大塘坡、背笼村。右上，是进溶田、山枣溪。寨后偏西，是盘山路，哪个村寨也不通，它是寨子人上山出工劳作的路，也通往祖坟地。各个方向的路，都有自己的功能。向左上，对门上的，多是家族亲戚，走亲访友的。沿溪河下的，多是送山货药材，做小生意，去乌宿、沅陵码头的。而往左上的，是去乡公所、乡里、县里的，走这条路，则多涉公事官事。去后山的路，虽不通村达寨，却是村寨上人最常行的路。全寨人的五谷杂粮多种在这后山里的梯田坡地上，边上就是祖坟地。白天，子孙们在地头劳作；晚上，祖先们则坐山守业。这个地方地势向阳，土质肥沃，庄稼长得好，除了偶有野物糟蹋禾稼，很少出现外人偷盗之事。人神分工，天人合一。有了收成，逢年过节，人们敬香烧纸，走的都是这一路。而通往邻近的路，平时是安静的，只是到了秋冬闲日，就会有呜里哇啦的迎亲唢呐扬起，可看到穿漂亮新衣，扛着抬盒，背着礼盘，挑着扎了红纸的腊肉、猪腿的接亲或送亲的队伍。

对面的陡山，离村寨很近，平时呼喊一声，就会有回山应，先人们在那里划了一块禁地。它与村头的大树，都是祖辈留传下来的，谁也不会去碰它，谁也不敢去碰它。大树浓荫里充满十足的神秘。我相信，奶奶在树荫和月光下唱的无字歌谣、讲的传说故事都是从这密林深涧里生长出来的。

山魈、厉鬼、伏羲、女娲、洪水故事、熊娘家婆都与它们有关系。对于这个世界世相，声光色味，我时常处于恍惚迷离状态。自然的现实存在，社会的关系存在，理念的意识存在，悲喜的情绪存在。现实与虚幻，时间与空间，混淆着，纠缠着，错乱着……它既是我鸿蒙纪事的原点，也是未来全部世界的初年。这片绿得发黑的禁山，充满洪荒曚昧的幻想和神话传奇，成了我感知社会、显影世相的第一张胶片。

多少次，故乡与奶奶时常错乱叠映在我的情绪里。来无影，去无踪，如梦幻，意象纷飞而无逻辑。有时，它是插田薅秧时，浸湿在奶奶背上的一痕汗斑。它是奶奶用茶枯水搓洗过、米汤水浆过的那身夏布的清香味。它是我在奶奶背上听到过的月光童谣。它是屋场下溪边水碾的吱呀声和榨油坊的大油槌声。它是稍远处，时枯时丰，但永不断流的那脉泉流。它是山风吹来茨蓬里的鸟鸣。它是对门山涧野樱桃树春日雨后斑驳浪漫的红与白。它是牛的哞叫，猪的哼吟，鸡的喔鸣，狗的汪吠。它是总能让人感到冬暖夏凉，不违四季，适时换装的老枫香树。它是春日里不时从树梢鸟窝里飞落的鸟雏。它是水井边腐草丛里偶尔冒出的几朵野菌子。它是夏日从树叶里筛下的斑驳与清凉。它是下雨天，从瓦脊滑向屋前沟里的檐溜。它是我抬头仅见的一片蓝天，它是我望不到尽头的远山，它是我随着溪流远去的遐想……

有时，我会叫应在地里锄草的奶奶，要她看，那远山日头下的一栋闪闪发光的小白屋。这时，奶奶把手遮搭在额眉上，总说，眼花，没看见。我却硬说有。但这个蜃楼幻影般的存在至今仍神秘地留在我的记忆中。

二

奶奶是六十里外河蓬乡一个小财主家的闺秀，上过私塾，初识文墨。她当年是沿着一条窄窄的石板山路，上床机坡，顺银坪小溪沟，再下磨鹰坡，过边龙溪，嫁进这山里来的。一生为爷爷生了八个孩子，丢半得半。存活成人的是父亲、二叔、姑姑和幺叔。其他两个叔叔、大姑、幺姑未成年就夭折了。爷爷是小学教员，常年在外教书。太公在县衙门任过一段事，赋闲后便在家自耕自种一亩水田、半亩茶园，学陶渊明，做小乡绅，用《三字经》为小小的叔爷爷、姑奶奶们课读启蒙。太婆不识字，奶奶便是一家之主心骨，经管着家里几亩水田、几块桐茶地、一座油榨碾坊。桐茶地里有时套种一种豆子，叫饭豆。饭豆不能当饭，平时很少食用，饥时，可济荒。种豆不为收豆，只是为桐茶地松地除草方便。奶奶往往把桐茶下的地无偿让给乡里邻居耕种。谁种谁收，奶奶只收桐茶籽。茶籽油，自食。桐籽榨油后，便用油纸糊的篾油篓装好，挑到下河的乌宿、沅陵码头上大船，卖往下江。

　　湘西事变，太公被地方的匪霸枪杀在他自种的稻田边。奶奶支撑的大家被打散。接着是解放军剿匪入乡。爷爷没法教书了，去为解放军做向导，报了杀父仇。后来，奶奶归了成分，经常要给队里干一些不计工分的活。每逢大队开大会，无论寒暑，总得在会场边的大树下陪坐，听不远处大会场上回声巨大、电噪刺耳的大喇叭响。他们中的人，有时会一次一次地被举着手吼着叫着的人群揪到临时的戏台上，呼啦呼啦一阵后，又由一批人大吼大叫地推下台来。被推下来的人，解开绳子，有人在摸抚勒在皮肉里的血印。印象中，奶奶可能人缘好一点，没有受过这个苦。

这样的日子并不长，我们在奶奶的呵护下成长着。慢慢地，我们可以上山采药材，去田里用南瓜花钓青蛙，下溪沟捉螃蟹摸鱼虾。那时，山林子大，水也好，农药用得少，鱼虾山禽漫山满河地有，进山下水总会有一些收获。当时，穷愁困顿，什么都紧缺，我们希望的杯盏是很小很浅的，一点点就会装满。一捧山果，一捆药材，一小碗鱼虾，带回来，我们高兴，奶奶更高兴，说我们能谋食了，有出息了。奶奶说的出息，也只是一只小小浅浅的杯盏，很容易盛满。她很崇拜那个挎着木盒子草药箱，从公社下队来的，一进村口就把一只小羊角吹得呜呜响的兽医老符。兽医老符每次到来，奶奶总会从梁上下几皮旱烟给他，请他坐坐，喝喝茶。奶奶家就在寨中当道口，迎来送往留了不少歇脚喝茶的，也结了四里八乡的人缘。看着我们一天天长大，一次，奶奶在门前晒谷场纳凉时，摸挲着我的头说，长大了，你也去学门手艺，像老

有奶奶在的世界

107

符伯伯那样走村串寨地医牛阉猪，那就好了。这是在日子像门前起起伏伏的山一样，望不到尽头的时代，奶奶给我们点亮的希望的灯。能在乡里做一名牛医生，就是奶奶希望我的所谓的"出息"。那时，我以为奶奶什么都知道。后来，再后来，我慢慢觉得，奶奶有越来越多的不知道了。她不知道，她的私塾里的小同学，已是京报的大记者、大作家，报道了许多世界大事，写了很多家乡村庄新鲜事。她不知道，为什么她们不再需要陪人开大会了。她不知道，为什么下放回来的爷爷又恢复工作了……

晒着日头淋着雨，在大米、苞谷伴红薯的哺育中，我们像苞谷高粱一样长大了。一次一次地出行，一次又一次地走远，直到山那边的那边，溪尽头的尽头，去到有大路、有船舶、有汽车、有楼房的远方。但，再走远，每一次我们都会沿着原路返回，回到奶奶的村寨、奶奶的世界。那一次次让我们远行，又一次次把我们牵回家的山路，仿佛奶奶手中的那根风筝线，总是牵曳着我们。我们人长大了，身长高了，心长开了，希望的杯盏不再浅而小。而奶奶的村寨和奶奶却没有随着变大，反而更小了，小得已经容不下我们的期希和好奇。

终于有一天，我们决定离开奶奶和奶奶的村寨，离开奶奶的世界。

三

那一天，我们起得很早，鸡才叫完头遍，我就看见灶台火光中奶奶的身影。鸡叫三遍，我们就出发了。挑着简单的行李，去到十里外的地方赶早班车。

奶奶，执意要送我们。出了门，还要顺着村头一条小石板路，她领着小黄，一步一步地跟着我们。

这一次，我知道，我不会再回来了。我参加了高考。高考后，我兑了粮食，换了粮本，转了城市户口。后来，妈妈由民办教师转成公办教师，弟弟也进了大学。奶奶的村寨，已不再是我无论离开多远、多久，都要回归的家。我们把爷爷奶奶手上盖的一栋屋的东头房子让给了二叔家。几亩责任田也分拨给了二叔、小叔家去耕种。一天傍晚，走到村口，看到家家屋脊上泅出的炊烟，我下意识

有奶奶在的世界

地摸摸口袋，找钥匙，突然间感觉到，我们回到村寨已经不需要钥匙了，奶奶的村寨已经没有可以拿一把钥匙随意开门进屋的家了，更没有那只摇着尾巴向我们扑来、前后奔窜着引我到屋前的小黄了。家乡，变成了故乡。

等我再一次回来时，已是第二年的暑假。这次，我是专程去看奶奶的。奶奶已经在屋后的黄豆苞谷地边的一个小土堆里安息半年了。回到村寨第一件事，我就率弟妹众人拿镰刀锄头到奶奶坟头除草培土。黄黄的土。青青的草。隐隐的山。山风吹来，遍野间，弥漫着奶奶的气息。

奶奶就葬在后山的祖坟地。这里也是村寨田土最集中的耕作区。到了秋收季，这后山就热闹了。五谷杂粮，只要地上有空，人们都会种上一点什么，多少都会有一点收成，多的几十百担，少的三五斗。什么时候，枇杷熟了，麦子黄了，油菜伏秆了，苞谷刷天花了，高粱结穗头了，绿豆黑荚了，芝麻炸口了，黄豆脱叶了，谷子吊线了，水稻勾头了……人们按四季时序，连枷背笼，扮谷桶、扁担箩筐地去收割。收水稻，因为是主食正粮，不管谁家的，都会请工帮忙。人们从田的这头往田的那头，一路排过去，女的在前头割禾，男的围着一个四方大敞口扮谷桶，嘭嘭地扮谷，老幼者则在后面拾荒、捆稻草。这种耕作法，古老久远，庄重有序，仿佛《诗经》中的场景。有收获总是喜悦的。一路过去，尽是大嗓门的欢悦笑声。只是平时栖歇在禾丛里，绿装的纺织娘，灰衣的螳螂，黑壳的蛐蛐，长腿的蚱蜢，花脚的蜘蛛，被人惊扰着了，纷纷飞扬跳蹿起来，形成一阵虫雨，向田边的杂草树丛散去，又引起了鸟雀们的狂欢。庄稼地，经过一番忙碌收割后，留下一茬茬秸秆禾桩，枯萎着走向深秋冬日，去等待一场冬雪的覆盖。这时的山背是寂寞的。

去年那一天，奶奶似乎知道，我的离开，就再见不到我了。她似乎也知道，我一旦脱开她的手，离开她的视线，她是无法想象我的未来世界的。也不需要想象，这不是她的责任。她的一生就是为了到这个村寨来生儿育女的，她完成了。一嫁过来，就再没有离开过。她的一生，被这个村寨的一切紧紧锁住了。育桐茶，种红薯玉米，喂牲口鸡鸭。有时也采野菇山果，有时会一个人，对着空寂的山

有奶奶在的世界

111

风明月吟唱无字的歌谣……现在，她和她的村寨，就像雏鸟飞尽的空巢，已不再需要她去蹲巢暖窝，去遮风挡雨。

望着我们的背影，她和小黄蹲在村口送我们远行，看我们走远，一直到看不见。她把她的孙子放飞了，她失控了，她的手有点颤抖，再也抓不牢那根牵着她心爱孙子的风筝线了。然而，她又很不情愿地松开了手，让他去了远方……

奶奶希望我们有出息，但她"出息"的标准就像当牛医的老符伯伯，能吃上国家粮。她生前愿望就是给我们的饭里不再搭红薯玉米杂粮。我想，我后来的人生，终究没有被这大山锁住，也没有成为一个吹着羊角号走村串寨的牛医生。但我所做过的，或正在做的事情，奶奶会满意的。

四

我不知道，那天，奶奶与那小黄在寨头口到底蹲了多久才回屋的。后来，就是从来不请假的父亲，从岗位上请假回去了。奶奶病了。不久，奶奶去世了，还不到 70 岁。我正在高考备考，家里没告诉我这个消息。奶奶已经故去，我的家乡没有奶奶了。我曾想，家乡就是奶奶，奶奶曾是我世界的一切。而今，没有奶奶的故乡已经苍老，儿伴们也都散去。曾经的世界，像轻风吹乱了的一朵蒲公英，散入了我们的记忆里。有时，我想，奶奶就是那根絮花散尽的茎秆，飞散了的絮籽，谁也没想到再回到秆上，只有任时间把那飞不动的茎秆风干、枯腐……

时间也在风干一切，唯有村边的大树还在长大，枝叶繁茂地正向着下一个百年的年序长去。亘古不变的从盘山坳祖先地里吹过来的山风，被那棵硕大的黄杨木致密致细地梳理着，轻缓而温和，陶醉着我。从这一切，我看到一种固定与不变，仿佛世界永远如此这般。记忆插进了时间的缝隙里，故乡仿佛对我说，你怎么这么久没有回来了。老树对我说，你那时对我撒过尿的，你爬上我去掏鸟窝，差点摔了。枯井对我说，你从开始陪你阿婆来洗菜，到能挑两半桶水，到能挑两满桶水，你就再没来过了。而那牛，望着我，却不认得的样子，因为那时我牵出去的已是它爷爷的爷爷了。一只公鸡竖着红冠，在我面前踱着方步，好奇的样子，它不认识我，我踹过的是它爷爷的爷爷的爷爷……

故乡，山没变，水没变，井没变，路没变，树没变。早上与黄昏的云彩没变，雨后的彩虹没变，树林里的鸟声没变。日头没变，月亮没变。日照没变，气温没变，雨量没变，风水没变。依然适生爱，能栽培希望。

过去的快乐、幸福和甜蜜，总是在时间和空间的扩大器中被倍数地放大。而那曾经的苦痛恶毒的一切，又被时间深窖醇化脱毒，包融成回忆中的沧桑。

考学，参军，打工，外嫁，入赘，迁离，夭殇……亮坨的儿孙子女们一个个地离开了奶奶，离开了奶奶的村寨。我不知道奶奶怎么能守住这空寂的，也不知道她雕塑般蹲在村边树下盼等儿孙们回归到底有多少回，有多长时间了。时间老去，村寨空落。后来，奶奶终于没有再在路口守候了。她进山了，留下一座空村旧宅任它风霜雪雨，任它苍然老去。这里，我说的是一个向时光深处老去的亮坨，我的故乡。

我说的亮坨，对你们来说，只是一个在地图上可能搜不到的地名符号、方位标识、地学概念，是一种真实客观冷僻的物性存在。但它之于我，则不同，它是我物理概念的故乡，更是心理、情绪里的故乡，一种心灵的存在方式，一份情愫，一腔热血温度。而我，已将这份情愫，用时间和空间的碓磨舂研成尘，扬进风里，任时间的倒序、顺序，尽空间的天上、人间，让它天荒地老地存在着。我的现实故乡，或许已在时间里沧海桑田，而我的心灵故乡，总是飞扬飘浮着，永不消陨。一阵轻风，一轮清月，一泓流泉，一声鸟啼。山风吹来，它的信息，就会在我的记忆回收器里摇曳闪动。

　　山风吹来，我沐风伫立。只是我，会随同故乡，向时光深处老去。

2022 年 6 月 26 日

有泉在山

而这一刻，

天覆地载的人世间，

平时一切人情心性中的为难处，

也尽在这朗风丽日里和谐宽容了。

今年的夏，格外酷热。在长沙，连续五十多天的烧烤模式，天地人间已焦渴难耐了。

乡居的友人，不时叮叮地传来山泉照。百度、微信上顺便一戳，是霸屏的山涧清流，是盈耳的汩汩泉声。这，便撩拨了我有关山泉的生活记忆。

于寓身的城市高楼上凭窗远眺，家山却在迢迢以远的翠微深处。江南山家，是择水木而居的。凡山中村落处，必有乔木佳树，必有旺井醴泉。泉，或洇，或淋，或流，或汩，或漾，或涌，形态因地理所在而千姿百状。

井，是山村居家必备的条件。山村的井，与平原丘地不同，人们选在村边卑洼树荫处，深淘泉源，砌而成井，供人们桶汲、盆舀、管引、手掬，甚至洗濯之用。通常，一个寨子屋场，有井三两处。

而山泉，则不局于一隅，它是漫生于野的。那时，没有公路，山里人上工，出行无车马可代步。凡有远行，就得走山道，山道便长藤结瓜式地点布着山泉，犹如驿站，把一条枯长远路，一程又一程地连缀着。一般山泉处必有老树绿植，青树、柏树、柳树、枫杨以及芭蕉等最为常见。泉边树下一般都有石板、石墩，供人歇憩。有心人，或就天然石地，或取平整岩板，凿刻打三棋、象棋，甚至围棋棋盘于上，人们或以草梗、小石子为棋子，对弈歇息。若属干道，讲究点的，还建有供人避雨的凉亭、简廊。山泉边则各因大小，备有木瓢、竹臿、陶钵、瓷缸之类，方便人们取饮。简陋者，泉流涓细，长流一线，会有凿在石崖间，仅容一瓢一碗的泉坑。斯文如女客者，取饮时，辄以桐叶、菝葜叶折叠为勺，臿汲，或以芭芽叶、箬叶为枧引流，啜饮。性急气粗的男子汉，则干脆直俯泉坑牛饮。

盛夏的山道，尤其正午时刻，山路的石板、地皮已被烤得发烫。烈日炎炎，山鸟的啼鸣让位给了此起彼伏的蝉噪，随处可见出游而未及回归被晒干了的蚯蚓，枯焦的蚂蚱、勤劳的蚂蚁也不见了踪影。人行道中，更是舌焦口燥。此刻，若有一阵山风从山坳吹来，或遇一口山泉，一身行李担子卸下，再顺山打一声喔嚯，真是神仙也不换的惬意。路边山泉，不仅为人降燥解渴，泉边也常为过往客人交流聚会之地。正如有水井处必有柳词，凡有山泉处是必有山歌的。山泉边，树荫下，聚集着一对对、一组组男男女女，他们头缠丝帕，左手附耳，咿呀呜呃地对唱着儿女情长、人间烟火。也有逗笑打俏、斗智斗巧的。男唱女和，男逗女对。一来一往，会意识韵者，顿会带入场景，陷于其喜怒哀乐中。对歌赢输互有。若不过瘾，会相邀选场择时再决雌雄。间有隐情者，则回避人众，侧出旁道，于树荫岩洞下私底唱和去了。此时，山风吹来，一浪一浪地轻翻着草木树叶的灰白背面，蜡光闪烁，再和以泉吟蝉鸣。此番情境，唱者会忘了日头，忘了时辰，耽搁走路，耽搁赶场……但未必荒芜了人生。此类隐秘的对歌者，多为赶场走路的新相识，也不乏已各自成家、平时没机会相见的旧相好。他们忘我地缱绻在这大山之中。而这一刻，天覆地载的人世间，平时一切人情心性中的为难处，

有泉在山

121

也尽在这朗风丽日里和谐宽容了。

在行脚赶路的行程里，多遇的是大山。无论上山，或是下山，山腰间，正好半程。仿佛此段的清泉更甘冽、更解暑似的。泉，也若有灵性，你越亲它，捧它，淘之，饮之，它就越旺流，越清冽。有山歌唱"冷水泡茶慢慢浓"，这是山里人的情歌，更是山里人的生活。好的山泉水甘冽如饴，不仅可以直饮，还可以用它冲泡酸胡葱、细油菜秆剁成的青酸菜或豇豆酸菜。儿时，上山时常用桐叶盛冷饭就泉水泡酸菜吃，味也绝好。凡赶场、挑公粮、送山货、走远路，母亲就用粗麻沙布裹一坨米饭，外加桐叶包的酸菜，扎在挑担的一头，作为午餐点心；并吩咐，走哪条路，估摸时辰，应该在哪里哪口山泉边歇息用餐。那时，年少，缺粮，常饿。于是，那指向的山泉所在处，便是我们行程里最急迫的目标和一份期待。

山泉于山间是处处可见的。就其分布看，大致分山脚泉、山间泉、山顶泉以及洞穴泉等。

山脚泉，顾名，一般都在山脚溪流边。流量大，如臂膀粗大，乡里人喜欢用手杆大、脚杆粗来比画山水流泉的流量大小。这山脚泉仿佛出自地下，汩汩涌涌，往往涌积成潭，多有藻荇蓝丝漂弋其间，人们于此砌井、筑塘，汲用以后，再自井口塘沿满溢出来，即以出山泉水归宗溪流。山间泉，多在半山间。此泉由山中岩隙洇漫而出，始洇洇浸出，然后汇滴成线，再聚如竹筷、指头大小。人们因势导流，在崖间凿石成坑，如碗如钵，故多取名"一碗水"。常常从河蓬姑姑家回山枣乡，出门过酉溪河后就要爬一架大山，叫床机坡，半山上就有一口好泉，叫"一碗水"，天灾大旱从未干竭过。只是，现在公路通达，山路已少人行走。据说，无人打理淘洗，一泓旺泉，现已临近枯竭。山间泉，若论水质以硬质红砂岩层渗出者为最佳，松软砂土者次之，石灰岩质者又次之。山顶泉，则应了"高山有好水"这句俗谚。此类泉往往在山脊坳口处，阴浸的坳田内坎里，通常叫田后坎井。泉无声无息，静如处子，旺时方呈冒涌之势。水面结成一浅塘，塘中多白沙，冷冽于水底，可见小虾戏沙浅游。这小生物的存在，仿佛证明其清冽无害。

　　亦有洞穴泉。顾名思义，此泉是从洞中流出的，这种泉多生成于喀斯特地貌。说它是泉，其实是地下阴河。在乡下河蓬读中学时，学校边就有一溶洞泉，水粗如人腿，从洞阴深处流来，轰轰作闷雷声，又名雷公井。出口处砌一小坝，漾出一泓潭来。潭深丈许，仍可见底，太阳光斑可直筛水底石子上，盈盈闪闪，玲珑陆离。学校接一铁管引流，近千师生员工足用。

　　乡里人认为山泉水井，皆为祥云甘露凝结而成。山里人用泉，惜泉，爱泉，有一定的习俗文化。人们往往把山泉和水井边视为圣洁处，不近腐浊，不濯污秽，适年过节专有祀仪。水井山泉边往往草植丰茂而少枯腐。那里绿苔茵茵，多有虎耳草、石菖蒲等阴湿绿植，伴生井中也多有泥鳅、螃蟹之物，生机盎然。为此，人们也有把小孩寄拜给山泉水井，认它们为干爹干娘的。水井山泉都会被人定时义务淘洗。凡新近淘濯过的山泉水坑，人们会摘数片青叶或用芭茅打一个草结，置于水中，以示此泉已经淘洗，但饮无妨。若水中草色不鲜，或有枯枝沉落，则为泉水久未经人光顾打理，欲饮者得自己动手。这时，你可得淘井玩水之乐。你需先把水坑淘干，一遍一遍漱洗，泉也若有感应，流淌得更加欢畅淋漓。泉坑中水，即淘即满，玩乐中就坑洁水亮了。清可鉴人，盈盈可爱。

　　山泉亦如清风明月，出自山间，取之不尽，用之不竭，却自有其风土习性，外人饮之受之，偶有不适者，是为水土不服。而我辈生兹长兹，自幼生饮直服，从未见过什么肠胃不适。所谓一方水土养一方人，盖习性也。倒是来到城里，饮水是处处小心，时时留意。非开水不饮，非净化不用。口舌早已被来苏氯气所驯化，再无生饮泉水之乐矣。有试着用凉开水泡酸菜吃，南橘北枳，终究不是那个味儿了。

　　有泉在山，寤寐思服。

2022 年 8 月 28 日

嫁在河蓬的阿大

记得，在老家的星空下，

奶奶和阿大在背着我时，

都这样说过，

天上一颗星，地上一个人……

一

阿大，又叫大大，就是姑姑。沅水一带的当地人通常这么叫。

河蓬，是离我老家亮坨六十里外的一个不足千人的市集小镇。

一条八九丈宽的清水溪是二酉之一酉溪的源头。它的另一条经穿岩洞流出的小支流，是从野竹坪芭蕉溪屋场后枫香坳下那口水井出发的。清水溪刚从穿岩洞钻出就被迎面一堵大石崖盘成了一湾深潭，然后再被稍下游一点的另一堵石崖折成一个直弯。左右两堵石壁，一前一后，刀砍斧劈，如两扇对开的门，清水溪就在这门缝中汩汩流淌着。坐落在崖壁下的是河蓬寨和河滩上人们赶集的草蓬摊子。其实，清水溪只要再往下坚持半里，

嫁在河蓬的阿大

129

就到平坦旷阳地了，那里是一块近百亩的田坝子，是河蓬人的菜地、粮仓。

山里谷深地狭，每一小块平地都很金贵，人们是舍不得用它来立屋造房的。宅不占地，仿佛也成了祖辈传下的规矩。于是，山里人家的屋舍多造在田角地边、山脚崖下，或水畔沟岸。人们就地取势，利用遍地烂贱的山石木材，砌高的岩墙，垒陡的堡坎，或干脆用撑长木吊脚的办法，在崖坎上找平衡。或青瓦木楼，或干栏茅舍，挂着，吊着，密密匝匝，挤挤挨挨，层叠中有点零乱，却不显得造作，天地人都协调在一种自然秩序里。两岸的陡崖间生长着老树杂木和倒挂的绵藤荆棘之类。近水是密得透不过气来的箬叶竹篁。藤蔓悬垂于潭水之上，临潭照影，动辄数丈长。夏日里是绿瀑，秋冬则如流苏。当地人叫此景为仙女梳头。其花叶色彩和摆动的幅度与姿势，随四季的风和翻飞嬉闹其上的鸟儿而变幻。摇曳玲珑，似叮当有声。无论远观近看，无论晴日烟雨，都呈现一种宋元山水的意韵。这就是河蓬寨。

阿大的家是河蓬寨中靠水边的一栋青瓦小木

屋。小屋离小溪不到十步，绕过卵石砌成的屋堡坎边那棵柚子树，几梯乱石阶就可到溪边汲水和洗濯了。

二

阿大嫁到这个叫河蓬的地方，不知道是否与这里诗意的环境有点关系。也许正如当年众多乡下女子一样，出嫁就是一种遵循生轮时序、水到渠成的过日子方式，并不一定出于爱情什么的复杂因素。

听母亲说过，阿大的爱情似乎有过一次，朦朦胧胧中就熄掉了。那时，我刚刚出生不久，阿大才十三四岁，就从家乡来到罗依溪带我。带，是照护的意思，就是做保姆。当年，母亲是罗依溪公社青鱼潭小学的代课老师。青鱼潭是酉水河边一个小渔村，面前是酉水河的一个大洄湾，是酉水河上放排人编排、趸排歇脚的地方。二十世纪六十年代初的湘西，公路很少，枝柳铁路才动工，山货木材出山，盐铁粮布进山，大都靠酉水河上的行船、放排。

母亲上课去了。阿大就用一根裹脚帕把我捆扎在她背上，下到酉水河边，整天地看排牯佬扎排，听他们唱山歌。那里面有很多白面的、黑壮的青年小伙子，他们是森工站的技术员，放排的排工。后来，母亲大约是听到什么风声，阿大又总爱找时间和理由去排上玩。母亲就借着一次阿大玩时，把排工一把好斧子掉到河里去了的小事件和带小孩到河边玩不安全为由，不准阿大单独往河边和排上去了。

阿大是在我父亲成人的四个兄弟姊妹中唯一的女子，但她并没受到过什么娇宠。她生在兵荒马乱时的湘西沅陵，名沅生。印象中，阿大是没认真读过书的。带完我，她也没去读书，就回家帮奶奶到生产队挣工分去了。那时，家里成分高，除了公社、大队一些冬修工程组织集体劳动外，阿大能参加的社交活动和机会都很少。随着年龄一天天增长，加之罗依溪那一点风声，奶奶就把阿大出嫁的事记挂上了，并将眼光盯向了她的后背亲方向，也就是奶奶的娘家河蓬。奶奶家姓吕，是河蓬的望族。后来，阿大嫁的姑爷就是吕家的，按字辈还高出奶奶。

　　嫁到河蓬，显然是奶奶做的主，爷爷也不怎么反对。当年，奶奶从河蓬上床机坡，过银坪、山枣溪，下磨鹰坡到亮坨。如今阿大从亮坨上磨鹰坡，过山枣溪、银坪，下床机坡到河蓬。她和从河蓬嫁到亮坨的奶奶，刚好一个轮换，也是当地亲上加亲的通常做法。

三

　　自阿大嫁到河蓬后，有了阿大在的河蓬也就成了我们去古丈县城，或由县城回家的一个中转站。每次路过住阿大家时，阿大就会把我们让到火塘后的正屋大床上睡，她和姑爷却搭把木梯到阁楼上临时去开铺。阿大家在一栋小木屋里只有西头的一间半，另一间半是东头姑爷的哥哥嫂嫂一家的。一间半的半，就是她家与哥嫂家共享的堂屋。堂屋很小，正壁上安着"天地君亲师之位"的神龛，这是乡下小户人家典型的结构布设。火塘，是一家人烤火讲话的地方。每次娘家来人，阿大都有讲不完的话。我那时小，常常是在听他们讲家常话中，看着火塘里那明灭跳闪、火星乱窜的火苗子睡着了。然后就是他们中的一个把我抱着进屋放睡的。记忆里，阿大家的火塘总是烧得旺旺的、暖暖的，被子又干净又柔和，有一股稻草香和太阳味。阿大本来在山里就是一个爱干净的人，嫁到河蓬来，住在水边，她就更讲究了。也有人说，阿大是冲着河蓬这股好水才肯嫁过来的。

早上，我在阿大于火塘上架锅炒菜的爆油声中醒来。阿大平时炒菜是舍不得放油的，我们来了，她放油就重，油重，菜下热锅的炸声就格外脆响。那时缺吃的，少油水，常饿。因为每次去阿大家，总能吃上油水足的菜，以至我常常认为阿大家比我们要好过些。这话传到奶奶爷爷耳边时，他们只是苦笑一声，说，你阿大是个长情人，爱面子。

那时，阿大是初嫁不久，还穿着出嫁时的那件红花衣服。娘家人来了，她总穿着它。

后来，阿大家里有了大表弟、表妹和小表弟，日子越过越紧了。到我十四岁的时候，我在公社读完完小，进中学。这个中学就在河蓬，我就半寄宿在阿大家里。

前面说过，阿大家就住在如诗如画的河蓬寨子里，一派渔樵野墅的古画意境，但现实的日子却一点没有那份诗情画意。姑爷虽是居民户口，但只在供销社里做一些挑脚送货的零杂工，收入少而且不稳定。阿大靠生产队工分分点口粮。后来承包到户，阿大分上的田地也很少，且瘠薄偏远，收成不怎么好。那年代，阿大家的生活是极其拮据甚至清寒无助的，瓮缶常空，时时断粮，虽在场边，肉荤不是常能吃上的。有时，姑父在河里捉了几条小鱼，或偶尔捡到水田里一两枚鸭蛋，就会拌上红辣椒炒好，要上小学的表弟吕林跑到学校里来叫我回家打牙祭。有时，遇上好吃一点的荤腥菜，阿大会让表弟捂着一个搪瓷缸把它送到学校来。至今还记得表弟从田坎小路走过来的样子。即使如此照护我，阿大总感到内疚，时常自责，说阿大家里条件不好，亏待了我。阿大是有旧思想的，我是她大哥哥的儿子，在家族孙辈中排男又居长。怕待见不好我，是她的心里话。其实，当时哪家的条件都不好，与许多人家一样，阿大一家也只能勉强地活着。我是被她宠着了。

嫁在河蓬的阿大

四

奶奶爷爷在时，阿大最高兴的事是回娘家省亲。逢年节，特别是春节从亮坨嫁出的姑娘大大们都要回家省亲拜年。拜年的礼也很简单，一包寸金或松子糖，一把挂面，几包纸烟，讲究点的还带上一条腊猪腿。礼货上都会贴上或扎着红纸或红布。互相拱手拜年，递烟，围着火塘喝苞谷烧酒。有年味，有肉味，也有人情味。

在家族几位姑娘大大的姑爷中，河蓬姑爷是一个老实人。他家里出身好，历史干净，因此，阿大在他家族里没吃什么亏。阿大个性强，人勤快，在家里完全薅得住姑爷，所以她是家长。在家中，姑爷没管过大事，见人总是嘿嘿地笑，把一口草烟熏焦了的牙口露出来。嫁了这么一个家庭、这么一个男人，不知阿大是否幸福，但至少在那个岁月里，阿大没有因出身问题抬不起头过，更没有挨过整，也没见他们吵吵闹闹过。从这一点上，奶奶的选择是明智的，她至少给了阿大最起码的平安和尊严。

去年的秋日，雨水格外地多一点。阿大最终没有挺过这寒冷多雨的秋天。

表弟打电话告诉我们这个消息时，我并没有意外。表弟们陪阿大来长沙看病已经一个多月了，我们也去看过她几次，阿大见我们来，总说你们公家事忙，莫总是过来……

阿大得的是一种呼吸方面的病，是肺上的问题，姑爷也是因肺癌而早她几年过世的。姑爷过世后，阿大就一个人守在河蓬那爿老屋，常常坐着看屋前那条清水溪和两扇大岩墙上的春夏秋冬。她怕坐车，更怕城里的那份喧闹。其实是她不想歇息，要劳作，她有一小块劳作的田地。城里没有她要做的事，无事做了她会心慌，回到河蓬她才安定、踏实。

阿大的病最终宣布不治，表弟是在她强力坚持下才把她送回家的。她怕死在城里，她要落气在她熟悉的土地上。

阿大是一个硬气的人。我们从没见过她埋怨过谁，抱怨过生活。

在河蓬高中没读完，父亲就把我转到泸溪去了。我离开了河蓬，直到进大学，有了工作单位，成了家，就再没有专程去过阿大家。很多时候，阿大对我只是一个问候的存在。偶尔通通电话，一两句简单的话，都是她的关心和问候。对于她，我是谈不上孝的。但我知道，她心中一直疼爱着我们，念记着我们。她，却从没有想到要我们给她什么回报。只要我们有一点表示她都会很感动，甚至有点惊惶。记得一次过节，我爱人买了一件衣服给她，见到后，她又是高兴又是不安，连说，你们还想到我，你们还想到我，并见人就炫耀，这是我侄儿和侄媳妇给我买的衣服，这是我侄儿和侄媳妇给我买的衣服……

是的，阿大对我的爱是天然的，从来没有想到回报的。这就像甘霖天露的滋润，像涓涓溪流的浇灌，只有一个给予的单向，从无反顾。我们唯有好好地做好公家事，好好地成长，才是对她的报答。

其实，阿大是有很多难处的。姑爷身体不好，一直干不了重活，表妹因病落下残疾，两个表弟都有自己的实际困难，但她从来没有向我唠叨过这些。即便我们有能力帮她做一点事，也没见她开过口。

五

前几年，姑爷病了，我在医院见到了阿大，发现她头发已花白，她老了。不久，姑爷病故，我奔丧去了河蓬阿大家。因还在岗位上，只能在那里停留很短的时间。听说我要来，阿大早早地守在路口。见我来了，阿大就一直在我身边，带我这走走，那转转，还特意到屋后把一个旧杉木脸盆拿出来让我看。这个木脸盆是我爷爷在她出嫁时专门作陪嫁送给她的。脸盆是爷爷亲手做的，用的是上好的杉木材，阿大一直在用，后来她又专门收藏了起来。这是爷爷去世那年，阿大来吊孝，说起爷爷，她告诉我的。我说我想看看这个木盆，她就把这事记住了。那时，物质缺乏，嫁娶几乎没有什么聘礼陪嫁的值钱东西，有的只需一身新衣服就可以打发出嫁了。单位上送搪瓷脸盆、热水壶之类。爷爷当时已下放回家务农，拿不出这些，就亲手打了这个木脸盆，再配了几把木椅子，就算是他女儿的嫁妆了。阿大说，这是我爷爷的手工，舍不得丢，她一直留着的。

表弟们还是按照当地习俗，为阿大做了一个

简单的道场。

阿大的灵棺就摆在她家一爿小屋的正堂里。

这次，我专门请了假去到河蓬，为阿大守上最后一夜。当晚，我和姊妹兄弟几个，穿着粗布麻衣，手里拿着一炷香火，聚在阿大的灵棺前，在司仪的引导下，绕棺又跪下，跪下又绕棺，如此多番。在这氤氲的香火烟气里，听着老道师一遍复一遍地唱着孝歌，擂着丧堂鼓。

一阵紧急的锣鼓点子之后，唱师又起腔了，他用苍凉的哑声如是唱着：

要问世上谁最亲，父母是你最亲人。

十月怀胎把身生，从此有了你生命。

一声哭啼离母身，奶水天天不能停。

夏天为你遮凉荫，寒冬加衣增暖温……

奠台上的烛光在唱腔和唢呐声里闪动，映着眼前一副黑漆深重的棺木。我不敢相信，前一阵子还与我们讲着话的阿大，现在却永住到那深黑里去了。或许，她正走在通向另一片光明的黑洞里。

我木然地绕棺走着，一遍又一遍。我这年近六十的严重偏胖的腰膝，一次又一次地为阿大折下，伏倒，折下，伏倒……不知是香纸烟熏的还是什么，我的眼睛始终是辣咸辣咸的。

道场终于在凌晨时分暗寂下来，屋外是淡暗的月色。清水溪挣脱了苍崖的压抑，流出了声音。夹岸的两堵石壁在月光中投映出一明一暗、一阴一阳的影子，这莫不是两扇朝天开着的大门？

此刻，我看到了天边微曦中的几点星光。记得，在老家的星空下，奶奶和阿大在背着我时，都这样说过，天上一颗星，地上一个人……

2022 年 11 月 15 日

嫁在河蓬的阿大

忆葛

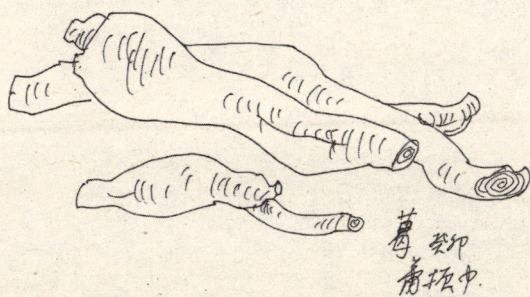

每到农历六月后，就是葛的花期。

它开一种紫偏蓝的花，

色调不俗，并不逊于紫藤。

秋凉尽，冬寒至。一场初雪，山间的树叶零落殆尽，林子亮了。原来匍匐攀缠于田头地坎、草丛矮树上的葛，终于抖落了巴掌大的，或心形，或马褂形的叶子，把一种铺天盖地的绿卸掉了，留下的，是一张张牵挂在草坡树枝上的灰色藤网。葛根，在土地下面又涨了一年粉，到了挖葛的好时节。

人间许多的事会随时光烟消灰飞，了无痕迹，也会有一些事在日子里风干成迹，化石般不泯。儿时乡下挖葛的事就始终梗在我心里，成了抹不掉的忆痕。

一

又是一个瘦寒的欲雪天，爷爷带我们进山里

去挖葛。

说挖葛，不说找葛，其实爷爷早已打望好几处地方了，好像是他种在那里似的。在屋后盘山坡的山坳处，平时见到的几处浓绿的叶帐下就有上好的葛鼻子。葛鼻子，也就是葛根头。有经验的挖葛者，不仅看地形的阴阳向背，辨土壤瘠肥，还要通过藤蔓的光滑度、叶型等来判断葛根是否壮硕，粉汁是否饱满，甚至产量的多少。一根好葛头，往往可以挖出一到两挑的葛根来。

好的葛根，粗如手臂，形如莲藕，但一般都在土中超一尺深。或侧生，或垂扎，随地势潜行于土中。短则数尺，长则丈余。也有挖出大葛的，得有人腿脚般粗了。

挖大葛得看运气。大葛的生成，不是几年的事，而是十几年，甚至几十年的事。见到这种葛，人们称它"葛王"。葛王是成精了的葛，自有灵性。挖掘它就得格外小心费神。碰到大葛，往往一个人一个工日是拿不下的。首先是沿着葛鼻子找葛脉，顺着它要开出很长的一条壕沟来，遇深扎的，则需掘大坑，掏出大量的土方。一天工日挖不完，就回头掩上虚土，第二天甚至第三天继续挖。好的葛根，是大且生脆的，葛型肥硕，淀汁饱满充盈。饥荒年，葛根和蕨根可替代粮食度荒。它们生于地下，犹如藏粮于地。当地人也把挖葛挖蕨叫作"开土仓"。

挖葛人遵循"山野万物，天之所产，取予有度"的法则，在一丛葛鼻里往往拣大的成熟的鼻头下手，其余则留于原地，以备后时之需。

二

把葛由山上挖来后，就挑到溪边去洗。洗葛，得用干稻草使劲地搓刷才能将附在上面的老泥祛净，然后沥一会儿水，挑回家，再用柴刀或斧子，将葛根剁成两三寸长的葛段，放到石臼里，用专制的大木槌捣烂至细绒状。然后再将捣烂的葛絮放入铺了滤布的篾箕里，浸到装满水的大缸或大木桶中搓洗。反复多次后，清出葛渣，葛粉则留于滤布上，这叫初粉。再将初粉反复在滤布里搓揉、挤拧，葛初粉又滤出淀粉，沉入水中。葛渣清出后，并不扔掉，会摊在晒坪上晾干，赶上赶场天卖到下河去。下河人会把葛渣拌上桐油石灰，补船用。留于滤布上的葛初粉，沥水后摊干，成为褐色的葛米，也叫生粉或假粉。此物可拌在米饭或菜中煮着作辅食，这是葛的大部分。

葛的精华部分是少量的，就是最后沉积于水中的淀粉。经过一番搓洗，此时，淀粉已经过滤布溶于水中了，所以洗葛的水是千万不能倒的。将它静置沉淀一个夜晚，洗葛水便由奶汁咖啡色转为褐色。一早起来，奶奶就会攀着缸桶的沿口，朝着檐沟稍稍倾斜，褐色的葛粉水就带着一味清甘，慢慢从缸桶里溢出来。一会儿，缸桶底部就能看见一层薄薄的沉淀物，细白如脂，这就是葛的精华——真粉。褐水沥完，奶奶小心地把真粉从缸桶底部铲出，盛于盆钵。一部分，直接放入热油锅中，煎炸成葛粑，当早餐食。余下一部分，再揉捏成团，拳头大，一坨一坨置于簸箕中或木架炕上，与初粉分头晾晒风干，充当饥粮。

挖葛、打葛都是重体力活，女人干不了，她们通常只在洗粉、滤粉、团粉、煎饼最后几道工序发挥作用。在呵气成冰的冬日，洗葛粉，也不是轻松活，一双手浸在冷水里操作，会发红，肿胀成胡萝卜样，甚至皲裂出道道血口。

那年代，村寨里几乎人人上山，户户捣葛，打得的葛多了，满檐沟都储着褐色葛水，到处堆放着葛渣，整个村寨散浮着稍带涩苦的葛粉气息。

三

葛根是可以生吃的，遇上饥渴，它能充饥解渴。挖葛是一个不亚于开荒挖生土的劳力活。深山挖葛，不免疲劳饥渴，这时，挖葛人则会把挖出的葛斫下一截，直接啃嚼，汲汁咽粉，然后把茧壳样的渣丝吐出，再对着山风深吸一口气，便是满口清甘味。

儿时，也有把葛当零食消遣的，而这往往是在上山开山挖土偶遇葛根之时。葛根也可烤着或蒸煮着吃，这是当今卖给城里人当小食品的通常吃法。这种吃法，葛面而绵甜，但总少了生食的那点清甘微涩的真鲜味儿。

专拣工日，整天在深山里找葛、挖葛，这对大人们来说则是一件庄敬郑重的事儿。那时，生产条件落后，缺粮，常饿。稻米细粮往往只能维持半年光景，剩下的半年，是要由苞谷、红薯等杂粮甚至萝卜来添凑的。轮到稍严重点的灾害年，就会有饥荒，这就得进山"开土仓"挖葛、挖蕨了。这时，葛不再是哄嘴甜口的小零食，而是要充当救饥填肚的正粮。

查史，葛是早被载入典籍《救荒本草》了的，载曰："花可炸食，根可为粉，其蕈为葛花菜。"这里，"菜"，疑为茶之误。葛阴历六月开花，干花可以作茶饮，此款茶，迄今犹有。至于"蕈"，查了字典，就是菌的意思，不得其解。只是儿时，常见葛藤上鼓起一个个根瘤，剖开来，里面躺着的是三两只白胖胖的蛹虫。这蛹虫就叫葛根虫，是可食的，烧吃或油炸，实为乡间难得的一道美味。葛叶，剁碎拌糠，是上好的猪饲料。可见，葛几乎通身可食可用。古人说，谷荒为饥，菜荒为馑（《尔雅》："谷不熟为饥，蔬不熟为馑，果不熟为荒……"），看来，葛真是可以帮人解饥馑度灾荒的。

我的家乡古丈县，地处武陵山脉大山里，也

是葛的故乡。查得《古丈坪厅志·卷十一》"野品可食"条下有如下记载："黄葛：六月花，不结子，掘根作粉，其质织葛布。青葛：亦六月花，无子，可以作粉，岁饥则民'开土仓'，掘为食。乌蕨：其苗青间可食，其根亦可作粉，名曰蕨粉。其苗谓之蕨苗。"乌蕨就是蕨，《采蕨》中的蕨，也叫蕨葛。

县志中，把葛分成青黄两种，把蕨也同类归并。其实，我们乡下也把蕨叫小葛。其制粉过程大抵与葛类同。挖小葛就是挖蕨根，这种活不如大葛那么费力非男子莫能，适合妇孺。饥荒年，母亲就在雪地里挖过蕨葛。看来，天有大德，地载其厚，真不绝人之路。

知县叫董鸿勋，河南濮阳人，1906年任古丈坪厅抚民同知。在那个年代，他显然算是有点新思想新观念的，在他手上就曾大肆引种桑蚕和茶叶进古丈，并且对厅境内的风物特产研究挺上心。就在他修撰的县志"野品可食"条下，他不厌其细地做了如下补识："葛之用，至大黄葛，以为布，是其皮之质。青葛，以为食，是其根之质。……盖

忆葛

151

黄葛有桑麻之功，而品之青凉，价值之贵尤在嘉谷退功，人命浅之日。乌葛［蕨］，有晚菘早韭之功，其根之质作粉，仍可救饥，古丈坪厅之民谓之‘开土仓’。"董县太爷这番话，算是恤民情、知稼穑的，翻译成当今的话语标准，是一个心中装着老百姓、懂经济的干部。接着他又引申发挥着说道，古丈坪厅，"所属苗寨，有葛藤寨，寨以葛氏，仓以土名，天之生是，使古民日用，歉岁之有备，厚矣哉"。顺便说一句，葛藤寨就在河蓬上游一点，那里有我许多亲戚老表。紧接着这夫子还兴犹未尽，把葛之历史、葛之文化、葛之艺术、葛之有利于人类的诸多好处拨拉出来了："惟黄葛之织布，尤来数千年。周之后妃有《葛覃》之咏，越之女子有《采葛》之歌。今长沙、浏阳，以葛与夏得名（这里当指‘葛布’‘夏布’——引者），广东雷州之葛擅利。黄葛之衣被生人，与蚕丝并重。较论古今葛之利于服用，亦宏哉"。接着又注意到"今古厅之葛，野生到处皆有"，大有根据资源优势搞一番开发利用之宏愿。

邻近古丈的乾州厅，今吉首以及湘西的几个厅县的志乘里都有对葛的记载。《（光绪）乾州厅志卷之十三·物产》，葛条："……厅人种之，取其藤皮以石灰水渍而刮之绩以成布谓之葛布。其根岁荒乡人采取捣之澄粉作糇以御饥，俗为大葛，盖蕨呼小葛故也。"可见，葛在湘西一带不仅广泛取用，而且人工种之，但救饥馑度灾荒仍为其主要功用。

四

葛，作为饥馑救荒之物用价值已被历代官民广泛知晓认同，并列于《救荒本草》重要位置。历史上一度趸粉无数。后来的时代，经历了农村的革命、后来的改革和如今的小康，葛的济荒食用价值渐渐式微，慢慢寂寂无名。葛作为一种藤蔓植物，甚至沦为野藤败草，尤因其蔓生的习性，超乎寻常的铺展、攀附、绞缠能力，已对邻近作物构成威胁，常让农耕者不胜其烦，大有锄之、薅之、斫之、烧之而后快之心。历史序轮进入小康时代，人们的饮食早已厌腥腻肥。当下，葛，又作为一款产于自然、药食兼功、祛火降脂的农特产品开发出来了，重新回归人们视线。

近来，常常收到乡里的兄弟亲戚捎来的葛粑葛粉。有的还特别叮嘱，是深山老葛，纯天然的。这一强调，才让我注意到，葛还有野生和家植两款。而且，天然野生优于人工种植的。我对葛的记忆，没有多少文化性、历史性，有的是与饥荒最紧密直接的现实实用性，是"生命的个人的存在"这一前提性的关系，充饥活命的关系。我的记忆总停留在野生这一款，为食救饥这一用。葛布做衣，那是第二层次的需求了。后读得一些资料，葛的历史着实了不得，几千年前的《诗经》里就有植葛于园圃的记载。葛的种植和利用在古代也是很广泛的。先从食用功能看，据清人吴其濬在他编撰的《植物名实图考》中记述，"赣南以根为果，曰葛瓜，宴客必设之"。这都上了家宴正堂主席了，想必一定得是园植之物。在讲究的古人宴客场合，绝不会如村夫野老，可随便将一盘野菜端上去的。再查，更早，"《尔雅·翼》以为食葛名鸡齐，非为绤绤者，盖园圃所种，非野生有毛者耳"。"鸡齐"，葛的又一种名称，应属于可食用的品种。确证，葛是有专供食用一品的，而且古人早已植葛于园囿了。

　　"绮绤"者何？问题来了。《说文》释"葛"为"绮绤，草也"。原来，葛还有这么一个堂堂雅称。后解"绮绤"，"绮"为葛织的细布，"绤"为葛织的粗布。那么，"绮绤"就是葛的另一种名称，与可作药食的鸡齐相对应，属可取纤维作织材的那种。又《诗正义》："葛者，妇人之所有事。"《雩娄农》："葛者，上古之衣也。"《周礼·地官·掌葛》疏："以时征绮绤之材于山农。"够古老了。这里强调，是"妇人之所有事"，那就是织纺之事。当时，葛就是做衣布的重要原料而且专由官方掌握着，也算战略物质了。由此，葛事也就上升到织布成衣暖天下的民生大事这个政治高度了。

　　吴其濬在《植物名实图考》中对葛作了较大篇幅描述，侧重在葛作为布材的用途而言，涉食只是一笔带过。由葛的起兴到衰微，描述详备，也记述了有关葛和葛布的各地物产、民俗。如记述"粤之葛以增城女葛为上，然不鬻于市"，以及彼中"女儿葛"的绝技与民俗，"彼中女子，终岁乃成一匹，以衣其夫而已。其重三四两者，未字少女乃能织，已字则不能，故名女儿葛。所谓北有姑绒，南有女葛也"。接着又说，"其葛产竹丝溪，百花林二处者良，采必以女。一女之力，日采只得数两，丝缕以缄不以手，细入毫芒，视若无有，卷其一端，可以入笔管。以银缘纱衬之，霏微荡漾，有如蜩蝉之翼"。这些小插写，更显出生动温暖的葛历史、葛文化、葛风俗、葛工艺，甚至葛艺术。而这里所说"其重三四两者"，作为一件男人衣服，那当与马王堆出土的单衣媲美了的，也可由此窥到葛布历史高光时之一斑。

　　想要了解对于葛的价值再发现、产品再开发的情况，现在方便，输入一个"葛"字，食指一戳，就是满屏的关于葛的图文和链接，但多在食和药的价值层面。至于"葛"的"绦绤"的价值，特别是作为土法制布作衣的文化遗产价值方面尚少有涉足者，还有待人们再去发掘唤醒。

　　历史上曾作"上古之衣"的葛，由盛至衰以至寂灭，有两条清晰的线路，一条是技术线路，一条是经济线路。经历了一个酷烈的淘汰过程，其间也充满着历史的辩证法。说不准是在具体什么朝代，葛或绤绤被淘汰了，但有一条可以肯定，是由于新的织材发现和织技的发明而使之逊位于历史舞台的。初，葛因其独有的品质，曾为上层拥趸过，但终因"质重不易轻，吴蚕盛而重者贱矣；质韧不易柔，木棉兴而韧者贱矣；质黄不易白，苎麻繁而黄者贱矣"。吴其濬这里说到的是材质和技术问题，还有一层经济成本问题也很重要。当时，要真正治成一款"与丝争轻，与棉争软，与苎争洁"的葛布实不容易，往往"一匹之功，十倍于丝与棉，与苎，其直则倍于丝，而五倍棉与苎"。葛布终因制作上的冗繁，成本上的奇昂，投入产出性价比问题，即便也治出工艺精湛、薄如蝉翼的极奢小众产品，还是敌不过后起之苎、之蚕、之棉以至用进废退，近乎失传。

其实，除了做布料做食材，葛还是一种不错的观赏植物。每到农历六月后，就是葛的花期。它开一种紫偏蓝的花，色调不俗，并不逊于紫藤。不知道，为什么历代造园设景者多青睐于紫藤、荼蘼、绵藤甚至葡萄，就是没有选葛。搭葛架于庭院，其实也是可以有夏荫冬透之趣的。

忆 葛

我期待，在当今人们追求健康自然养生的年代，会有人从茧缚我们的化纤时代挣脱出来，来到葛藤架下，去回眸葛荫葛布那份幽古和清凉的。

　　　　　　　　　　　　2022 年 11 月 27 日

那年秋日

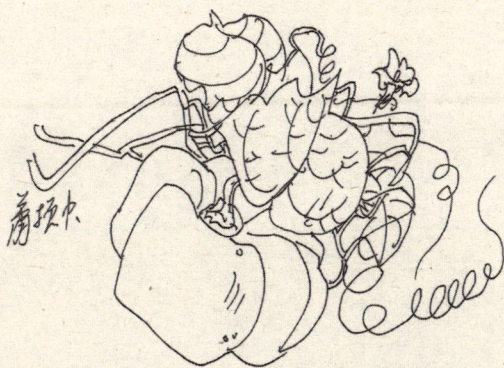

对着这淙淙恒流，

目送一匹落叶逐出山的溪水远去，

是更加地寂寞。

那年秋天，我最终没等到我要的录取通知书。

"橐，橐……"是砍柴的声音从对门山上应过来。阿莱早已瞄好坳上那几棵麻栗木树，今年他要用它烧上好的杂木硬炭去场上卖。几柱霾烟从寒林稀疏的枝丫间搓着绕着缠着融进了苍灰的天空。这是伐木烧炭的季节。

我扛着一把柴刀在山林里逡巡，琢磨也放倒几棵杂树，烧两窑炭去赶场。卸了绿装的林子空亮亮的，偶尔有小鸟细兽窜走在枯草落叶上的窸窣声，由远及近，又由近及远。大枫香树下那口山泉，还在。老树根盘蜷在岩石上，石缝里渗淋下的水，把寒冷敲打得叮咚作响。泉沿边的青苔已显苍黄。水面如镜，只是不见水虫和芭茅上失足跌落的那只蚱蜢了。这就是那汪如眸的秋水吗？这么野性，又这么安静着，怕莫是山鬼的精灵。透过林子，村寨却在狗儿们嬉逐鸡群而招来的奶奶的呵骂声里。顺着声音和沿着这草根枝条延伸出去的是无处不在的生命。它们簇生着，绞缠着，盘踞在这块万古如斯的沟壑山林中，任山鬼盘桓，流萤游走。我在寂静中屏听自己。在想，我的命运将与眼前的一切同在，我或许已成了这片杂林野山的主人。这里每一种生命，每一丝声息，每一缕气味，都将与我关联。春雨夏日，秋霜冬雪，会将我们生长成共同体，让我们在轮回中永恒。

开学已经近两周时间了。烧热溪的昌月、熙文早把他们家里的粮食挑到乡里粮站兑成了粮票，由村里打证明，迁户口的手续也已完成。我和昌月报的是同一所学校，而且我已确知，我的考分是超过录取线的。我相信，是邮递员老莫太忙，没空把录取通知书投递过来。那时没有电话，只得等待。

大溪坡的圣忠伯，喜欢背着背笼赶场，像一个女人。他每次路过我奶奶家门口，会对着门内喊一声"伯娘，伯娘"，奶奶就会请他歇歇，喝口茶，吸袋烟，聊点家常。圣忠伯平时讲话总是一张笑脸。"伯娘！永中的录取通知书现在还没拿到？怕莫是没录取哟。"他这次是正着脸对奶奶说的，却看着我。我不信，不敢信。他弟弟圣孝就是我们的语文老师，消息应该是他辗转过来的。

再等几天，果然我没被录取。是体检没过关，说我的脚有问题，儿时顽皮被石头砸伤过。父亲不服气，专门请了公假，直接找到学校去了，要个说法。接待我们的是管招生的副校长，脸上有些麻点，为人倒和气。他解释，招生录取是有条件规定的，现在已定了案，没办法。又说了一些安慰话，你有这么个成绩底子，再考，考一个更好的学校。父亲显然没被说服，很气，强忍着赔笑出了门。

学校大门上挂着欢迎新生入学的横幅，走入校门的是一批一批满脸幸福喜悦、挑着行李来报到的新生。此刻，却只有我和父亲逆行在这人群中。一出校门，父亲就没好气地说，说我们体检不合格，你看那个副校长，满脸的麻子，怎么合格的！那天，父亲很憋气，终于在住店的东方红旅社，为借用一个洗脸盆的小事和这个国营饭店的服务员吵了一架。那时的国营职工，吃国家粮，自视高人一等。

那年月，要从农村户口争到城市户口，有份工作，吃上国家粮，得跨过鸡成凤、鱼化龙好大一个坎。国家实行了新的高考政策，为农村人进城打开了一道口子，改变了许多农家弟子的命运。但高考竞争是极其惨烈的。当时，大学、中专可以一起考，然后由高到低划出大学和中专的分段录取线。总录取率不到百分之五。一旦考取了，便可以转户口，国家包分配，安排工作。

高中毕业，高考又没有被可以转户口、包分配的学校录取，我也就没有学可上了。那年，我才十五岁多一点。

我和父亲坐了绿皮慢车回到县城，再从县城搭一台手扶拖拉机回乡里，然后从山枣过坳田，下磨鹰坡，回亮坨家。回家的路是越走越小，越走越窄，山也越走越深了。父与子一路无话。

天已入秋，芭茅扬起了白花，溪沟边的芒、苇、丝茅之类的穗花，列着旗阵，在风中招摇。眼前这一切，在后来读到《诗经》后，我总把它们误认成诗意的蒹葭。粉色肚皮的芭茅雀吊在茅杆上，"嘚嘚"地弹出低促的叫声。平时要脱鞋蹚水过的边龙溪，现在明显枯了，踩着石头就能过去。

父亲显然与母亲和奶奶商量了。这次是体检没过，再考还会遇到这个问题。他们准备放弃再考学这条路，谋划着让我把家里承包的盘山坡上的几丘田经营起来，甚至把订一门亲、早点成家的事也提上了日程。

没有被录取，意味着通过高考改变命运走出大山的路，不通了。我像一只刚出巢的鸟雏，第一次试飞就折落、栽倒了，我的命运仿佛注定要匍匐在这片土地上。连奶奶指望我能吃上国家粮，像符伯伯那样挎个草药包，走村串寨当个牛医生的意愿也落了空。

两个月过去，捡完山上的桐茶籽，秋收就进了尾声。田里墩着的稻草，半个月后就会干透，可以堆草积了。草积就堆在田边溪河坎上那棵乌桕树上。再过半个月，乌桕叶会由碧绿转成酱红进而转成乌紫、大红。乌桕开了头，接着，山上的栎树、村边的大枫香也被邀约着似的跟着红了起来。收了稻子的田，趁着还没板结，就把它犁好。撒上荞麦种子、萝卜或绿肥草籽，等一场秋雨润湿以后，冬天里又会是一畦一畦茵茵的绿。野山雀在收荒的田地里成群起落。高天处，偶尔有雁阵飞过。倒是那一两笔人字阵、一字阵挂在天上，让仰望的人更显辽远孤寂了。

昌月、熙文分别写来了信，我把这些安慰鼓励的话在溪边的岩石上展开了读着。对着这淙淙恒流，目送一匹落叶逐出山的溪水远去，是更加地寂寞。我发着呆，像一只落单的雁。我知道只有想办法跟上这雁群，我的生命才能飞越这屏锁着我的高高的山影，去一个地方，或许有海的远方……我就这样望着红叶满坡的秋山，日复一日地孤悬着自己，想诉说，没人听；想抒写，无处寄托。山野是可怕的空旷和静默。炊烟瘫软在瓦脊上，连哪怕响亮一点的秋声也没有，鸟鸣、狗吠都暗寂着。我的命运坠入了明亮的黑洞，不错，明亮的黑洞。

那是1980年，正上映电影《等到满山红叶时》。插曲是朱逢博唱的，清亮自然。当时就如遇知音，如闻天籁。"满山那个红叶啊似彩霞／彩霞年年映三峡……"，我一遍一遍地听着这首歌。旋律里本是一派明亮的秋色、纯真的情愫，却被我的心绪染成了灰调。日胜一日的秋凉，我感受到命运的寒意。我的心是空的，却又被这空塞得满满的。我落寞在这远山里，想象着山外学校的热闹，幻映着同龄人熟悉的身影。我失群了，此刻，没有人能听到我在枯草丛与幽涧中的啼鸣。

总不能这样子下去。刚从农村被收回复原的爷爷，在野竹坪中学教书。他不服气，就去求了他的老同事岳琴老师和她在古丈一中当校长的丈夫罗中清，让我去插班补习。我被编到一个文科班里复读。和我同一天报到的还有李正邦。那天，我和正邦跟在一个稍胖的拿着一串钥匙的后勤老师后面，从大柚子树下的杂物库里翻出两张旧课桌。我们俩就成了教室里坐最后一排的同桌。记得前排还坐着从永顺来的穿红衣服、扎了长辫子的女生，与她同桌的是一个白面的城里子弟。记住他俩，是我们搬课桌时在柚子树下见过。我们插班进来时，一个学期快过去了。

爷爷为我做了这么一次主。古丈一中那张旧课桌，如同漂浮中的一块救生板，我的命运开始了扭转。那一年复读后，我考取了一所大学。

那年秋日

在录取时，同样遇到一点麻烦，还是我脚伤那点问题。但当时，我的总分和出色的单科成绩，让在韶山招生捡档的老师权衡了起来。最终我得到了一次特殊的面检机会。

电话由韶山打到在野竹坪中学的爷爷那里，已经是晚饭后七点多了。电话的通知是一定要我本人第二天上午赶到市里去复检。满打满算，时间只有不到八个小时了，而我却还在更远更远的亮坨乡里，杳不知音。乡下没有电话，口信无法传递到我。年近六十的爷爷就采取驿站传檄的古办法，由他火速赶路到二十里外的笥箕田村，然后再由笥箕田村的亲戚接力把口信送到村里。口信传到时，已近凌晨。为了赶上这次特殊的面试，全家都动员了起来。方案是，由伍叔护送我连夜赶往县城，再乘早上八点钟的火车去市里。那时，从乡下到县城没有车可乘，得步行六十里山路。叔侄俩就着一点天光，凭着一把三节电池的手电筒，竟然准点赶上了开往市里的那班火车。

面试加复检在市里如期完成。结果没问题，我通过了。

后来，我才知道，如此严谨的招录程序，因为我报的是师范专业。还知道，坚持要录取我的招生老师叫田国祥。我相信命运中是有贵人的，田国祥就是我没身不忘的那位祥符贵人。是他的一份用心，让我走上了一条可以起步远行的人生轨道。

　　一个秋日，我终于从迎接新生的大门走进了大学校园。当年，我十六岁半。

2022 年 11 月 30 日

年味

熏腊肉的烟

已从屋脊或房梁上绕出来，

裹着腊肉油滴落在火塘里

蹿出的那股香味。

熏腊肉的烟已从屋脊或房梁上绕出来，裹着腊肉油滴落在火塘里蹿出的那股香味。

阿菜叔家今年杀了头年猪。猪不是很重，架子很大，皮很厚，是一头老母猪阉了以后当肥猪喂的。杀猪那天，照例请全寨人吃了餐庖汤肉。往年，阿菜叔家是向别人借肉过年的。今年自家杀猪了，就把肥厚一点的好肉一方一方地裁出来，用棕叶子穿着，这家那家地去还肉。到后，在自家火塘上的也就猪的头脚下水了。阿菜叔家兄弟多，有劳力，舍得走远路背柴，背回的柴又好又多。家里舍得烧大火，全寨大人小孩都喜欢去他家玩。火好，腊肉就烘烤得好，很透。猪皮子都烤得油光透亮的。烤出的油会滴下来，滴在火塘上，嗞嗞地蹿出香气来。从屋梁上蹿出的那滴油香就是顺着那个猪

年味

毛褪得还不够干净的猪鼻头上滴落的。

阿菜叔家人缘好。还给各家的母猪肉，别人也不怎么计较。反正都是肉，只是皮厚了点，吃时，多蒸煮一会儿就是了。

过年，鞭炮是少不得的。离过年还有大半个月，儿伴们就开始玩鞭炮了，只是这里吱一声，那里叭一声地零星着放。鞭炮是大人们在河蓬或草塘场上卖了药材土产之类后买回来的。根据鞭炮的个头响数分百字头、千字头和万字头几种。能买万字头的人家不多，大多只是几挂千字头、百字头的小封，哄哄小孩。买回来的鞭炮，就放在炕架上，一般小孩够不着的地方。自然，小伙伴们会想办法，背着大人把鞭炮偷拿下来，剪一小段，塞在口袋里，一个一个地拆散着放。放法也多种多样。有的把鞭炮点燃了往水里一丢，听到嘭一声闷响，看从水里冒出一串串白泡，泡一散，一点乳白色的软烟气散在水面上。有的把鞭炮插在烂泥上甚至稀牛粪上，炸得泥巴牛粪乱溅，个个花头粉脸。最多的，还是在下雪天里，炸着雪玩。更有恶作剧往人堆里扔的，这样一般人不敢，若有大人长辈在，更不敢，这十有八九会挨骂甚至挨揍的。不管怎样，大家都本着一种玩心，真生气计较的不多。

放鞭炮的高峰，是在除夕这天。除夕，人们一早起来，各家就杀鸡、宰鸭、剖鱼、洗腊肉地忙活起来。有着急点的，刚一过午，就开吃年夜饭了。吃年夜饭的标志，就是先烧香纸祭祖，然后放一挂鞭炮。谁家院子的鞭炮响了，就意味着那家人开始吃年饭了。

吃年饭，放鞭炮，是小孩们争着去干的事情。反正在备年饭时，小手已在煮熟了的鸡、鸭、鱼、肉上伸过了，左一坨右一块地吃上了，现在不急着上桌去，放鞭炮才是头等重要的。这个时候，大人是要参与的，主要是要放小孩们不能过手的大炮仗，有讲究的还要放地铳。大人们这时会将平时封锁严密的拇指粗的大炮仗搬出来，我们叫它"麻盏头""顶皮""雷管炮"，这家伙响声大，威力足，得由大人一个一个地点着放。手脚要快，引信一点燃就得扔出去，然后就嘣地一声惊天响，对面的山都应了。儿时，能得到大人允许偶尔点几个大炮仗放，那差不多是成年的标志了。也有戏

年 味

175

谑的事。那年，喝了点酒的爷爷忽然把我们几个孙子叫到身边，神秘地从口袋里掏出一根手杖粗的红纸圈成筒状的东西，还插上了一根引信，他说，这是炮仗王。引得我们一阵哄抢，等抢到手一看，原来是一个纸糊的木头，一个假炮仗。爷爷见我们受了骗，高兴地笑了起来。印象中那是爷爷从工作岗位上因出身问题下放乡里后，我见到他最开心的一次笑。那年不久，爷爷恢复了工作。

吃年夜饭，阿三小姑婆家算是早的。阿三大我们两个辈份，所以叫姑婆，其实，她算我们的同龄辈。阿三小姑婆家人口少，就她和她父亲显永公公。她母亲是大灾害那年又病又饿去世的。两个人的年夜饭，简单，半边猪脑壳，洗好，煮熟就成了。每一次从玩伴中第一个被叫回吃年饭的就是阿三。她家吃年饭不怎么放鞭炮，她胆子小，不敢放，显永公公年纪大，眼睛又不好。只是，过年这一天，阿三穿了件新衣服，红色的。记得阿三小姑婆出嫁那年，也是穿着这么一件红衣服，像《红灯记》中李铁梅那件红衣服，衣襟上还缝了一个补丁。那天，她哭着哭着就离家嫁往沅陵那方去的。阿三嫁了，显永公公成了孤老，后去了乡里敬老院。他们在一棵梨子树下的半边木屋就一直锁着，再也没有人回来过。后来，木屋也倒了。几次回到村寨，我都不经意朝那里打望一下。元亨利贞，草木一个四季，人生一个世纪，无问长程、短程，生命轮转盖都如此。那棵老梨子树上几匹霜红的残叶，在寒风里打着禅语。

鞭炮连连续续地此起彼伏地响，炸了一地的鞭炮纸花。这是不急着扫的，除夕夜里，还要放。

按照习俗，除夕这一天夜里，火塘上会烧上早已备好的平时舍不得烧的杂木好柴，一家老小都围坐在火塘边守三十夜。这一夜，全家人仿佛把一年的话都放在这时说了。老老少少，也都开心，说着说着，还要上点点心。这时，奶奶和母亲会把平时藏着的水果糖（人们也叫粿粿糖）拿出来分享，吃完甜嘴。爷爷父亲们则开始分发压岁钱，不多，几角几分都不嫌少，讲的是那么一点意思。夜深一点，照例要吃夜宵。这个简单，把白天没吃光的肉菜就火架上锅子热热，或往火塘撑架边烤几个糍粑就可以了。所谓守年夜，就是要通宵坐等那头一声

年味

177

鸡叫，谁家在鸡叫头声点燃鞭炮就算抢到了头年，预示他家一年到头旺顺有福。当时农村，有手表的人少，更没有什么除夕晚会的倒计时，全凭经验估摸。为抢到头一声炮仗响，一边要听外面鸡的动静，一边要备好鞭炮和火引子。儿时，要真正正点守到鸡叫头遍就放鞭炮的机会不多。一天的忙乱嬉闹，无论如何，到这时是撑不住要瞌睡的。往往这时，都或倒在大人怀里或就近靠着什么东西就睡着了，等别人家一阵炮响才醒过来的。

　　每年抢到头年鞭炮的是村东头方宝家。方宝，是他的小名，大名叫印方，也大我们两辈。按辈份叫他爷爷，当然又是小爷爷了。方宝是单身，守着一大半装得整齐的木房子。父亲是小学教师，新政府成立时，当过一阵村委主任。父亲随后娘去到河蓬住了，房子留给了方宝。方宝一个人，年饭简单，又有手表，他每次抢年都能准确地按点燃放鞭炮。他平时喜欢读点书，村里把他当成有知识、肚里有墨水的人。在农村，农闲或大雨天，就显得日子长长的。我们有时就会去他家里玩，听他摆古讲故事。那时，他有《红楼梦》《敌后武工队》

等一些不怎么公开的书，还有《李自成》《金光大道》和一本厚厚的大药典。我们喜欢翻看那药典里面白描的草药标本插图，记得还有崔月犁题字。他兴致来了，就给我们讲故事。他的故事，有很雅的，也有很鄙俗甚至淫秽的。这些雅的故事多从书本里来，粗鄙故事则是他走码头跑江湖得来的。由于是单身，公社时常抽他到外面修水库，或帮供销社到通船的沅陵、乌宿或灰溪坪挑盐布杂货。到方宝家去玩，翻翻书，听故事，是我们难得的文化生活。他肚里到底有多少文化，我不知道。但他把姚雪垠说成了"姚雪根"，让我一直印象深刻。方宝小爷爷，一生未娶，五十大几了还在县搬运社工作，改制后又打零工。现在应该七十好几了，我们一直没有联系。

过了除夕，是初一的早上。鞭炮已燃放完，寨子格外地静，这是一阵狂欢后的静，是接续另一场狂欢的歇场期。只有几只早起的小黄狗、小黑狗，在鞭炮燃完后的烟堆里嗅来嗅去。

接着的是年初三、正月十五的走亲访友、闹元宵，到那时，河蓬的大大姑爷、明家村的大大姑爷、浪溪的姑婆都会来走亲戚。为了这些时刻，小山寨这时需要在淡雪的薄寒和晨起的轻雾中安静一会儿。

2022 年 12 月 16 日

罗依溪记年

突如其来的漂零，

我和我的心

还能泊回老罗依溪的旧码头吗？

按照乡俗，除夕的前一日去父亲的新坟送了亮，然后就和弟弟一家随着母亲到罗依溪表哥表弟家过年。表哥表弟两家都是开饭店的，吃住方便，备年夜饭的事就轮不上我们插手了。除了陪母亲、九舅娘聊聊天，回忆一下老罗依溪的旧事，大把的时间都闲着。

一

　　我提出去老罗依溪看看。老罗依溪就是被酉水凤滩水电站淹在水下的罗依溪。去年，是百年不遇的夏秋连旱，酉水的水位已经很低了。平时难得一见的旧码头、旧街墟，想已是露了出来。于是，表哥带我们驱车前往。
　　访寻老罗依溪，先得穿过有十字街和红绿灯

的罗依溪新街，然后过栖凤湖，再到酉水河岸边。

　　新街的一头是栖凤湖大码头，说是码头，其实是一个广场。栖凤湖是截留了从古丈县城流下的罗依溪，然后与酉水平衡丰枯、调节水位的水利工程。从此，凤滩水电站酉水水库的水与栖凤湖湖水，一内一外形成了相关联的姊妹湖。湖水净静如两块巨大的镜面。这两个镜面把周边山、树、田、园，以水线为界，对折成一虚一实的一幅山水画。山影，树景，行船，飞鸟，云烟，茶园，柚林，屋舍，都在这虚虚实实、飘飘渺渺的溟蒙中有了。

　　码头广场，很大，连街头一起算，占地十余亩。往湖边铺下去的一层一层的石阶，自然成了半弧形的看台。广场中心是一个大型的舞池。舞池前，稍高处，面向台阶的是逢大型活动可作主席台的一个平台。在平台后面衬着的，是开阔的栖凤湖湖面和平远的山树。近处，一左一右拱卫着的，是两段短土岗形成的半岛。土岗上有苍翠的松、杉、樟和一些野生杂木。广场边除了人工栽种的桃李果木、红花檵木、银杏、樱花等一些绿化树，还有栎树、乌桕、火棘、枸骨、矮杜鹃、山胡椒以及垂柳枫杨，杂生在广场的四处，让这个露天广场显示出特有的自然和野生气息。凡空平旷阳处皆种茶，对河九舅的茶园还在那里，茶园依然是罗依溪全部的底色。

表哥说，县里许多大型活动都在这里举办。等春天桃李花都开了，山刺莓红了，贵贵阳叫了，要我们再来。我满心期盼着栖凤湖那副桃花灼灼、春水盈盈、烟雨迷蒙的样子。

一道柏油路绕着上了一个小山头，是新开的一个小区。表哥说，这是镇上脱贫攻坚易地扶贫的安置区。灰墙青瓦的几栋房子掩映在高大的松樟杂林里。有铁门的门口散着一地燃放过的烟花爆竹的红纸屑、彩炮筒。土家族人有提前一天过年的习俗。现在，从小区篱墙里溢出的，便是新迁户提前过新年的年味烟火。

二

我们从小山头下到了栖凤湖坝上。由坝上慢行，往右看是栖凤湖的丰盈与平阔，往左望是酉水的瘦寒和清远。水岸边上芦荻、芭茅的穗花，倒刷着这秋河长空。冬日萋萋，霜天静谧。

"喃，对面那个坡嘴下就是老罗依溪。"大表哥指给我看。

　　依然是一湾带蓝的静水，几只小船散泊在水边。我没看到一点老街的影子，哪怕一段废墙，更无从找到依稀记得的，会馆坪边，外公家临河大屋的高岩坎。我要表哥指给我罗依溪上街的方位。指指划划间，依然找不到。它们还在水线以下。近六十年前，我就出生在老罗依溪的上街上。当时九舅家人口多，没有多余的房间，父亲在外地工作，还没有把家安下来。临产的母亲只得借住在九舅的好友，一位叫刘顺福的船木匠家。出生时，没有包布棉片，爷爷就剪了自己一件半新的棉衣。老罗依溪的上街成了我的生身泼血之地。

　　曾经的，有落印滩等诸多深潭险滩的酉水，早已停止了它的喧阗奔涌。此刻，它正沉默在这秋水之底。平眼望去，浅水滩渚上漠漠的枫杨林中，只见几只鸟影闪动。天地长河，静止在这苍茫的时空间。

三

"青鱼潭还可以看到吗？"我问表哥。于是表哥又带着我们去看青鱼潭。

青鱼潭在罗依溪下游约五里地，是酉水边的一个小渔村。那里也落下我儿时的一点模糊记忆。当年，母亲就在那个村的小学当民办教师。随母亲看护我的，就是我在《嫁在河蓬的阿大》中写到的沅生姑姑。

冬日酉水，静如平湖，不见河底滩谷。远山和近河的青岩崖岸，临水跌成倒影。有留此过冬的苍鹭飞掠水面，把人的视线引向叠叠苍翠以远。水面上的几点水花，是野鸭在潜凫游戏。一只机帆船，由远而近，又由近而远，在水面上划出喇叭形的波痕。嘟嘟的发动机声却是从对岸崖间应过来的。平湖苍崖，动静声色，正如青绿山水的宋画，定格在我手机的画框里。

左岸临崖，右岸却是稍缓的坡地。由河岸向上，依次是竹篁，菜地，茶园，橘柚林。有烟霭罩着河岸人家。这就是移民后靠的青鱼潭村。由水泥构建的吊脚楼，依旧是傍山临水地那么随意挂着。

轻薄的河雾，缓缓的炊烟，增加了这青瓦灰墙屋舍的灵巧和动感。偶尔的一两栋小木屋，木柱、板墙和青瓦，是从旧青鱼潭搬迁上来的记忆。掩不住的沧桑，却被菜地、茶园挤在了一个边角上，但柚树的陪伴仍是它的标配。有留树的橘柚，红的、黄的点亮着风景，招摇着它们的存在。

我指着水边高崖上有柚子树的一栋小屋，对妻戏说，买下它。妻乜我一眼，做梦呢，吃空气呀！是呀，吃空气，这里的空气都是甜丝丝的。我也的确在做一个梦，就是在酉水边有一间临河的小屋，只屑每日对着这酉水痴坐，便可沉于知堂老先生《喝茶》所描述的"于瓦屋纸窗之下，清泉绿茶，用素雅的陶瓷茶具，同二三人共饮，得半日之闲，可抵十年的尘梦"那种境界里。心想，得此即为神仙矣，更不枉了这方茶园山水。

从枯水中落出的坡岸，原是水淹了的上好田地，一经裸出立马就被青青野草茵茵地覆盖了。草，绒毯似的一畦一畦地绿着，有人在上面散步，扎小帐篷。草皮上的路，犹如人们闲懒的心思，是随意散漫的。

同样，从坡岸上我们没有看到旧青鱼潭的一点痕迹。母亲背着我汲水时，那清浅水井底，总是舀不着的小泥鳅呢？家家户户小院里低得总碰着头的酸柑子呢？随母亲家访，人家打发的因抱不动而跌摔在牛屎上的那个大柚子呢？还有，阿大用花背兜，背我去河边码头玩耍的大木排呢？……这一切，现在全都在水下，无从打捞了。

"呜……呜……"是从上游站潭口传来的几声汽笛。一列绿皮火车正从左岸隧洞爬出来，驶过瘦瘦的铁梁桥，又从右岸的隧洞钻进去。似在提醒我们，罗依溪也是枝柳铁路上的一个重要站点。更远处则是新架的高铁和高速大桥。

四

再往下走六里地，就是会溪坪。我们站在旧青鱼潭后坡一块柑橘地头，望着东去的酉水河下游的那抹山影。

会溪坪因它对岸那根铜桩而写入了历史。当时，沅水、酉水及其大小各条支流上的居民，被称为"溪蛮"或"峒蛮"，或统称为"五溪蛮"。

整个"五溪"尚处在中原王朝统治的化外或羁縻之域。唐宋之间的楚汉政权，开始觊觎此地。历史上楚王马希范与当地彭氏势力发生过激烈的交战，史称溪州之战。溪州就是酉水中上游，及各条支流上的以"峒"相称的几个地方，一度由后来改称土家族的彭、田、向、冉等族姓为代表的土著政权把持。溪州之战，攻守双方谁也没有服了谁，最终发誓结盟于会溪坪并立铜柱铭文为记。铜柱曾长年掩没于酉水河岸的芒茅丛中，经历了千余年沧桑，但铭文依然清晰可读。后因 20 世纪 70 年代凤滩水电站蓄水，才迁柱于王村（今芙蓉镇）铜柱博物馆。会溪坪和铜柱见证了溪州区域和民族间的战争与和平，见证了会盟立柱中原王朝经略大西南的这一重大事件。会溪坪也由此成为把控酉水中上游的锁钥之地。

没有考证，会溪之会，与盟会之会有无关系。但确凿无疑的，罗依溪是最近于会溪坪边界的商埠码头，它际遇了溪州会盟以来千余年，酉水河上王村、保靖、里耶、酉阳各码头高帆云集、辐辏交毂的烟火商机。

半坡的柑橘，因卖不出一个好价钱，大部分仍留在树上。试着摘了几只尝了尝，稍偏酸涩。碧绿的橘树叶衬着红红黄黄的橘果，半个坡头皆是，还有地角边尚未干枯的田野菊，新开的千里光花，给这肃然的冬日装点了几分热闹和吉庆。

远处，依然不见旧日会溪坪的影子。此刻的酉水却静碧深流，极目处，是苍茫的深远。就让这渺渺的旧迹以及迢迢的心事留待远年的考古吧。

五

火堂里烧着的是从高望界上面背下来的栎木炭，铁钳一碰就嗞嗞炸火星的那种。炭堆吐着淡蓝色的火苗。烤在铁架上的白的糯米糍粑和黄的小米糍粑，已胀鼓起来，噗嗞嗞地冒着香味。茶缸里的茶依旧是半缸茶半缸水的浓酽。八十五岁的九舅娘，八十三岁的母亲和七十岁的三嫂，围着火堂讲古话。她们讲的都是老罗依溪街上的事。她们你一言我一语，把过去的旧事一寸一寸地从记忆的深洞里拔拉出来。

系结罗依溪的是大小三条溪河。最大的是北

边的大河，酉水，也叫白河、北河。按照罗依溪的方位，叫北河应更为精准。其次，是东南方向，从古丈县城流下来的重阳河，后叫古阳河，而按照旧县志记载，此河即罗依溪，镇是因此而得名的。最小的偏西南方向流过来的小溪，叫半溪。半溪与罗依溪于镇上汇合后一并北流入酉水（北河）。三条大小河流的大小码头、长短街道、远近商路，共同发育了罗依溪这个近千户的市镇。小镇鼎盛时期，人口就达到两千多，成了仅次于王村的商码头。

母亲她们回忆说，光亮干净的青石板街，丢落粒米饭都可以捡起来吃。总有油篓和货船停靠的北河码头，把桐油、五倍子、棕衣、兽皮等山货运出，再把盐、铁、洋布、绸缎、南杂诸货以及好看好玩的西洋镜带进来。哪家的油炸糕、灯盏窝香，哪家的盐菜、豆豉做得正味，哪家的酸萝卜腌得脆……

总显得湿漉漉的，是经常有人担水的半溪河码头。半溪的水最清亮了，半溪小河才是洗衣浆衫的好地方。溪边，人们可以边洗边把衣被摊在河边大石板上、卵石滩上晒着。站在水里洗衣洗菜，还有小鱼咬脚呢……她们无头无绪地说着。

说到过年了，怎么玩龙灯、放鞭炮，男孩怎么勇敢，女孩怎么惊奇。玩龙灯最热闹的是十五元宵那天。过了除夕年，龙灯就开始大街小巷各处地窜，挨家挨户去拜年。门户大的龙头龙身龙尾就都进堂屋去，对主人家的神龛磕头，门户小的就在门口点头示礼，当年有新丧挂孝的人家就不去打扰了。耍龙头的是张家老大，人高马大，力气好，龙头在他手上舞得飞转。正月十五烧龙灯那天，庙里的响器，大锣大鼓，大铙大钹，全用上了。正街上两头已经被人用几张大屠桌堵住，任龙灯在狭窄的弄子里转腾，街上人家就对着龙，用鞭炮炸、火筒冲。有经验的舞龙人，早已把身子和龙衣在小河水里浸湿。舞龙的汉子们现在是赤着膊子的，任炮炸、火烧也不怕。巧了，哪怕身上烧起泡、破点皮，也不会发作发炎。龙灯烧得越好，年成就越好，大家都信这个。热闹可一直到晚上，甚至凌晨。还有，每逢春社，要去各庙里祭菩萨拜神。遇到大户人家家里办法事，都要从会溪坪下面请来大菩萨游街祭供。划龙舟是不敢到北河去的，那里水大流急，滩多凶险。只有在小河的长潭里划小船比赛，大场面的龙舟赛要到王村上面去看，那是酉水河上各码头的大比赛，但无论大小，热闹比谁家输赢更重要。

说到伤心处，会抹眼泪。当年罗依溪是大码头，有富家。外公家有几艘船，跑沅陵、常德甚至汉口几个大码头，算殷实之家。有一年外公就被从酉水河上游下来的一杆人捉了肥猪，关了三个多月。世道乱，经常还要跑土匪，躲抢犯，防过兵。又说，家道中落，要饭那阵子，去了哪家送的是热饭，哪家送的是冷饭，哪家干脆远远地见人来就把门哐一声关上的。听说过贺胡子的队伍。见证过当年大军过境进西南，半夜抱枪睡在街边屋檐下，天亮又悄悄开拔了的场景。这一切发生在儿时，旧罗依溪的事，母亲她们你说我证，一唱一和，油盐酱醋，故人旧事，历历清晰。好的，坏的，甜的，苦的，酸的，辣的，正的，邪的，悲喜爱恨，经由六七十年的空间过滤和时间发酵，此刻，已变成仿佛别人的故事、闲时消遣的谈资了。

六

表哥家就在新罗依溪街口上，一栋自建的五层楼的大屋，兼做酒店。除夕年夜饭，按习俗，只要过午就可以吃了。

今年的年夜饭，吃得很早，不到下午两点，表哥一家就在堂屋里摆弄着设案祭祖了，燃了香纸，摆上供祭的鱼肉果品。鞭炮要在屋外的院子里放。大量的香纸也只得在院子里的几棵柚子树、桂花树边烧。哪家燃了鞭炮，就意味着告诉别人，我家开年饭了。

一切祭仪完成，一家人搀着九舅娘和母亲入席正座，然后是儿孙们依次列坐。这时，就可以敬酒劝菜，相互祝福。鸡头是孝敬老人家的，鸡腿是要挑出来送小孙辈们吃的。肥而不腻的腊猪脑壳肉是主菜，鱼必不可少。青菜、豆腐放在初一早上吃。席间，有准备的就向在座的老辈小辈们分发红包了。

因为父亲归葬的事，除夕和年初一只好在罗依溪表哥表弟家轮着过了。尽管有母亲坐镇，尽管表哥表弟两家也极尽客气和方便，菜肴丰盛，礼道周全，但就在燃放鞭炮那一刻，我感到一丝落寞。我们终究没有在自己的家里过年，而寄寓于亲戚家。这是我骨子里的一点传统家观念的萌发。我幡然自问，我在哪儿呢？我的家在哪儿呢？我没有了立于故乡土地之上的房子，也没有可以设案祭祖的堂屋神龛了，有的只是城市水泥森林里那爿挂着门号、百十平方米的水泥方格。

突然想起，不久前父亲的去世。

父亲去了，有喜欢放鞭炮、爱热闹的父亲在的年也就再没有了。没有了父亲，我感觉到维系我们一个大家庭的总缆断掉了。这家会就此散排吗？好在母亲依然健朗。

突如其来的漂零，我和我的心还能泊回老罗依溪的旧码头吗？

2023 年 2 月 6 日

迎年的雪景

这场雪实属罕见，

它搅起了天地间的一场混战，

一副构天造地、鸿蒙混沌的样子。

儿时，在乡下，总觉得见雪的日子比现在多些，光过年前就会碰到好几场。

猪圈与鹊鸲鸟

忽如一夜，整个村子和山野就被雪盖住了。山、田、路和草木都换装似地变了样。白的雪柔弱而顽强，无处不届。树丫上附着，瓦背上盖着，地坪上铺着，石坎上搭着，树桩上顶着。用茅草或杉树皮盖的牛棚猪圈更是厚重得快撑不住了。一棚竹子被压弯了，把去水井的路挡着。屋后边的芭蕉，早已被风吹破了叶子，瑟瑟地，枯蔫在那里。

有早起的狗儿，在积雪上窜出的一行足迹，是追逐那只刚从猪圈里窜出的向竹林飞去的鹊鸲鸟吗？鹊鸲鸟，是学名，我们又叫它猪屎雀，是因它时常出没于猪圈里，捡食掉落下来的猪潲。

　　叫鹊鸲的猪屎雀，平时难得见它的尊容。它的出现，往往与一场雪有关。下了几天的雪，山野封盖，鸟儿们已难以找到可以充饥果腹的东西了，侵入人间领地，便是它们无奈的冒险。那时的猪没有现成的饲料，吃的是草拌糠，也是一个缺粮户口。大雪天，猪大多蜷缩在圈角的一堆干稻草里，饥寒交迫般地整日哼哼唧唧着，睡不踏实，一年也长不了几斤肉膘来，不如现代的猪吃着营养搭配的饲料，在温室里出生、育肥，半年就出圈了。猪粮不够，常常食不饱腹，猪口里掉落下来的粮食也就没有几粒。这时，胆大一点的鹊鸲就会跳跳跃跃试着接近猪的食槽，与猪抢食。鹊鸲不怕猪，怕人，人一来，它就噗一声蹿飞到猪圈外的竹林子去了。有时飞得慌张，还会碰落一枝压在竹叶上的雪。动静一大，便引起了狗的注意。鹊鸲鸟，身似小鹊雀，头冠一抹白色，身翅为深蓝色，腰尾及腹部为栗红色。除了雪天里时常光顾猪圈得个猪屎雀的诨名外，平时是生活在山沟清溪边的，姿和色都是山雀中可爱的那款。儿时，总有捉将一只来的冲动，但无奈此物太敏捷，没有成功过。

雨与雪

哈！好大的雪啊！有早起的人在外面喊。我睁开眼，木窗外的天色比平时暗多了。

雪花飞着舞着，天旋地转的，毫无秩序。

往东，去枞树溶、野竹坪的路在雪雾中看不清了。

南边，去竹山寨、赵家湾的路在雪雾中看不清了。

西头，去大塘坡、背笼村的路也在雪雾中看不清了。

北边呢？北边是我们亮坨寨子的大后山，那里的大枞树、青枫树，早变成了一座一座的雪塔，有的已被雪压得拦腰折断。

这时，我的村寨已被雪挤到了天涯地角，漂成了人间的孤岛。这场雪实属罕见，它搅起了天地间的一场混战，一副构天造地、鸿蒙混沌的样子。

雨或雪是可以把人隔出另外一个世界的。

平时，下雨了，又一时半会停不下，连续几

迎年的雪景

天地下着。雨在屋檐口挂着珠帘，远山和近树都浸在奇妙朦胧的烟雨里、梦幻般的感觉里。太久了，就有点让人发愁。

雨，把男人们屏在屋里了。雨，把女人们屏在屋里了，同样也把孩童的我们屏出了另一番世界。湿淋淋的一切事物，都黏稠地留在乡愁里。学校里学来的一些古文诗词的意象也都在脑海里贮备得了。雨，对我来说，只是给我的一种时常的感觉，而赋予我另一种境界的却是雪。相对于下雨，我更喜欢下雪，雪给我的飞舞灵动，特别是那种天地迷蒙、山河换装、人生别样的清新奇幻感，是无限净妙的。这种净妙，只偶尔可以在铺天的月光里悟到。感谢生灵自然。

姐姐与弟弟

一场雪，又一场雪，年就这么慢慢来了。

姐姐把炕上的两块排方腊肉，一只猪前脚腕口，一挂肠子和半边猪脑壳，翻来覆去地已数了好多遍了。她发现腊肠子吊出的那一截又短了一节，节口的那刀印是明显抹了锅烟灰的。弟弟又在偷着烧腊肠子吃了。尚未散尽的那点肉香味，骗不了她。她是早已知道弟弟这个秘密的，她不会把这些告诉娘。娘，又何尝不知呢？挂着的肉，等到过年才能吃，这对一个小孩子是多么残忍的诱惑啊！

其实，这场雪下了，离过年还有大半个月。只是腊月刚进，人们就等不及把这年猪杀了。一是赶时间熏腊肉，二则也在考虑再没有更多的粮食去喂它了。

今年的过年肉是向阿华家借的。明年，如果自家杀年猪再去还上，或者来年再还钱给他。

数花与狩猎

雪下过了好几天，却没有消融的意思。又刮了风，雪面开始发硬，脚踩过的地方已结成了半透明的冰糖凌。道路湿滑处更是结成了冰。去水井的小路，已跌坏了几副木水桶了。

人们嗔怪着这鬼天气，却并不怎么恨它。

不能出活了。女人们就猫在家里火塘边，三五结伴地烤火做女工。有的纳鞋底，有的在数花帕。数花是当地一种在白棉布上绣青花的工艺。纳鞋底做新鞋，是待嫁姑娘给未来新郎备的。数花帕，则是刚从沅陵池田坳、明家村嫁到古丈这边来的新婶娘自用的。两县只隔一条界河，但风俗不同，沅陵那边的娘家是佤乡，嫁到古丈这边来的婆家是苗家。苗家这边的成年女子是穿蓝布满襟衣，裹素青纱白头帕的。这犹如，苗家女嫁到佤乡那边去要学绣抱兜、包青头帕一样。她们是要赶在年前把这些女工赶出来，好待未来新郎拜年来做打发，或自己穿新衣裹花帕同男人去娘家回门拜年。数花帕，新婶娘们或是新手，要老嫂子们教一教。工艺学会了，花样则是她们自己选的，蝴蝶花华丽，燕子花寓情，鹊雀花吉庆，豌豆花纤巧……她们各取所喜，把它们绣在新织、浆洗漂白了的棉质家织帕布上。花绣在哪儿，有讲究，得确保裹头帕搭人字时，花的正面要显露出来。

男人们在家是待不住的，就你村我寨地邀集起来，去山上打野肉，即狩猎。狩猎是这里原始古老的生活方式。出行要有点仪式感。临行时，得把平时供在屋梁上的梅山神请下来。梅山神，是当地信奉的猎神，木雕的，不大，小的几寸高，大的也只尺把左右。梅山神，呈双手撑地倒立状，姓张，名五郎。梅山文化据说是从雪峰山那边传来的。燃香烧纸一番后，再把平时已积了火烟灰的木偶神拂拭干净，往地上一抛，是倒是立观其行状，而卜算此次出猎的成败收获。仅仅是一种仪式，大家在乎，也不在乎。接着就是腰挂药角、肩扛火铳的领头人，把出猎的羊角号呜呜一吹，人和狗都一起兴奋起来，嗷嗷叫着就往山里进发了。

狩猎，说是一种劳动，不如说是一场仪式，更不如说是男人们的一场游戏。社会发展，人们的生产方式、食物结构，加之生态环境都发生了巨大的变化，狩猎已不问收获多少，只是一种拟古怀旧的成人游戏罢了。

往往是狩猎到手，哪怕只是一只野兔，也都遵循见者有份的原则，除了枪手，皆是人人均等的一份。哪怕是哪家去了一只狗，或跟了一个小屁孩，在猎物到手，数点人头时，也都少不了一份的。时常是，我们几个小孩跟着队伍出猎，在山里掉了队，雪地里迷了路，回到家时，照例可看到早已挂在火炕上的一份野肉。

不知什么时候，这种见者有份平分野味的规矩没有了，狩猎的游戏也渐渐式微，或者干脆被淡忘终结了。猎铳已不再有，平时供在梁柱高处的梅山神也被小孩套着脖绳当玩具在地上拖着玩了。

　　怎么还不过年啊？弟弟的眼盯着已熏得蜡黄蜡黄的腊肉，问姐姐。

　　姐姐哄着弟弟，快了，再下一场雪就过年了。

　　弟弟望着外面有点阴沉的天，脖子一收，仿佛一片雪花飘进去了。

忆三舅

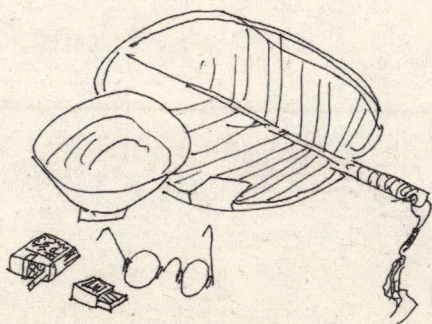

人的故去，犹如一部书的湮灭，

世界再无此人，世上再无此书，

他们的世界终究无人知晓，也无从知晓了。

父亲去世后，陪伴母亲话家常的时间就多了。一天，母亲说，你有空写写你三舅吧。

我知道，这个"空"，实在是太长了点。算来，三舅离开我们已 36 个年头了。

我母亲的家，是在外公手上做起来的，然后又在外公眼目下随时代迁变而散落。终究没有跳出富不过三代的定律。

外公像许多江西填湖南的人一样，一把油纸伞，一个包袱，来到古丈，然后选在酉水边的罗依溪码头落下脚来。外公在罗依溪坐地做生意，慢慢起了家，有了自己的码头、油号和几只跑下江大码头的船。财运家运一并兴起来。我外公家的六个子女中，有四位舅舅，分别是大舅、三舅、八舅、九舅。在他们中间间插着的是大姨和我母亲。

从大哥到幺妹陀，瓜瓞绵绵六十余年，开枝散叶组成一个大家庭。母亲在家中排行老幺，算来，大舅大母亲37岁，长我61岁，三舅大母亲26岁，长我50岁。在我的四位舅舅中，于我有深刻印象的只是三舅和九舅，他们俩甚至影响了我的生活和命运。我在《茶园情思》里写了九舅。现在我要写的就是三舅。

20世纪80年代，我经由两次高考后，考取了一所大学。上学，从家乡山枣亮坨到吉首，古丈是一个中转站。第一天从乡里步行80里，到古丈县城，第二天再从县城乘绿皮火车去学校。放假，则反向行之。过往古丈，吃住就都在三舅家了。

三舅家，在古丈县城边一个叫三坡湾的半陇上。是一栋只有三小间正屋，外搭一个偏棚子做厨房的木房子。屋前一块小小土坪，土坪外是别人家的茶园菜地。三舅家原本住在县城正街上，这栋小屋是政府落实政策抵拨给他的。记得，从县城边上去，要经过糖厂，再上一段陡窄的小路，路边还有杂树老藤、野竹和芭茅。半道中一个小湾里是一口水井，水井不深，实则是山泉，水清浅甘冽，是周边居家人汲水洗菜的地方。过了水井还得再上几步才能到三舅家。遇雨天，路是泥泞湿滑的。没有路灯，夜晚出入还得备上电筒之类。冰雪天更是无从行走。雨天、雪天和夜间，并不方便三舅出行。退休后，三舅就很少下山进城了，在这山坡上，算是过上了半隐居的生活。平日里，从远处望去，那栋小木屋是异常孤独的。只是到了茶园绿了，园中地边的桃花、梨茶、油菜花开了，那木屋才成了明和春景里的一个醒目的点缀。

从三舅家差不多可俯瞰古丈全城。古丈县的小，在全国是出名的。整个县城就是罗依溪河（今名古阳河）边的两小片。有人写文章调侃过它，说，点一根纸烟可在城里转三圈。古丈人自己也编排它，小小古丈县，巴掌大块天，衙门打屁股，全城听得见。又说，县太爷家里炒辣子，把全城人都呛得打喷嚏。还有，某年学堂里学生开运动会，借了街道做赛跑跑道，结果，百米冲刺时，运动员没刹住，冲进了别人家菜园子里……这些都带有一点自嘲、调侃，但后来，柑子坪包上一个喇叭就能叫醒全城的事却是事实。全城人从喇叭里听方明、虹云播新闻简报、社论、朗诵曲艺作品和介绍科学常识。也喜欢听古丈妹子黄亚萍播的古丈新闻。早上听广播已成古丈人的习惯，也是三舅的习惯。每天早上六点半准时收听转播的中央新闻、报纸摘要和地方新闻，雷打不动。喇叭就是古丈人的生物钟，是半隐居的三舅的顺风耳、千里眼。现在，还有人说，古丈人普通话讲得好，还出歌唱家，这个一响管全城的喇叭功不可没。

古丈县也的确小，现在全县人口才十几万，不如别个大县的一个乡镇。也不知，上天和古人用了什么一个尺寸比例丈量的。街这么短，这么窄；山却那么高，那么陡。小溪河那么细，那么急，还弯弯绕绕的。出门没有一脚平地，走上坡路，前蹬会碰到鼻头。更不懂的是，我的祖先，还有我的外公，他们怎么选这么一个旮旯，就贸然从江西那边的平阳之地到此落脚了。外公家是江西省清江县山前乡湛溪村湾里人。现在，清江县已改为樟树市，隶宜春。

古丈小，茶却名声很大。据说，桑茶是一个叫董鸿勋的县令引进古丈的。更多的人认为，是杨占鳌蒙慈禧太后赏赐，赋闲回乡倡导发起的。还有人认为，古丈种茶史更古老，历代都是朝廷供品。总之，茶是古丈的代名词，古丈人的图腾、基因。开春了，山山岭岭都是茶绿，没有平地，茶园也就像绿毯子一样，这一块那一片地挂在山岭上。清明前后，采茶，抢节候，山上到处都是采茶人，和薄雾一起飘浮着的茶歌。这时，三舅妈就会挎着茶篓子，去帮别人打小工，赚点小钱。出好茶，三舅却并不怎么嗜茶，不像九舅那么大缸大缸地泡。三舅的饮食都很清淡，喝点浅茶，不沾烟酒，这如他的为人。

外公精诚经营，小有家业，就把子弟读书的事放在前头考虑了。几个舅舅都受到了在当时算是最好的教育。大舅就读的是维新人士朱其懿和他妹夫熊希龄襄助倡办的湖南西路公立师范学堂。这所学校设在常德，专门招录沅水、澧水流域的青年才俊。此校辛亥革命后又改为湖南国立第二师范学校。在校就读的大舅成了滕代远、粟裕的同学。后来，三舅也考入了这所学校。

大舅和八舅的样子我是模糊的，只听母亲说，小时，他们摸过我的小肥脸逗玩。他们的过去，尤其是大舅，怎么经过马日事变，怎么与当时正反各种势力纠旋过，隔房七舅可以讲得一五一十。他们的故事离我还是有点缥缈、遥远。在舅舅们中，唯有三舅是我印象深刻、温和儒雅的一位长者。

我进大学，三舅已经退休几年了。虽然后来我也去三舅教过书的县一中短时间地学习过，却已无缘聆听他的讲课。他是教语文的。旧常德师范毕业后，一直就在教育界工作，还做过旧政府的教育科长。在县一中教书时，教声很好。有一年，他带二十四名学生去州城考试，结果全都考上了高中或中专，其中一个叫张耀业的还考了全州第一，轰动一时。接着，运动来了，三舅被作为旧政府成员以历史问题为由解除了工作和城镇户口，下放农村。先是在高峰公社凉水坡大队当农民，不久又迁返原籍，回到江西省清江县山前公社湛溪大队湾里生产队。同一时段，母亲则在古丈县山枣公社竹山大队亮坨生产队当农民。那时，亲戚间大都不相往来。三舅于我，也只是极稀少的通信里的一个名字。

我接触三舅很晚，时间也有限，加之年龄、学识、教养上的差异，我是并不了解他的。我见着他是在他落实政策恢复工作返城之后。我记得初见他时的印象是：身材颀长，面净肤白，标志性的瘦长脸型，鼻中很开阔，牙也较粗长。这些基因性的特点，也可以从九舅、母亲的面相上看到。印象中，三舅严整干净，哪怕暑天，他都衣冠整洁，不穿背心，也从不趿鞋。冬天，三舅怕冷，三舅妈就为他在小屋里烧好炭盆，放上一个方木桌，再用一块棉布搭上。偶尔有人来访时，就把棉布掀开，与来人共享，但这种情况很少。三舅时常是在安静地看书。看什么书，我不知道，我只感到他什么都懂。每次上学，或放假路过，我会陪三舅坐坐。他不时要问一下我学业上的事。

三舅是有旧学底子的，同时也谙熟五四运动以来的新东西。他出生在1914年，总体归类还是五四运动后那一代人。从大一到大二，三舅总试图与我说点什么，除了校友林伯渠、翦伯赞，除了湘西王陈渠珍，除了我们张家变故与湘西事变，记得也谈及过沈从文、丁玲一些与常德、湘西有关的人事，更多的是欲言又止。或许是我还未懂事到能理解他的话语，接应他的话题，更不必说向他追问什么了。此刻，我正在一座历史宝库前错过了推开那扇大门的机会。无法深入地交流下去，他只好浅浅地问了一下我的学业。一次，他问我去过乾州没有，又问所里的事。所里，是吉首的旧称，明朝经略湘西时，置兵民千户所，地方后来就称所里。乾州则是厅治，是湘西苗疆仅次于凤凰的一个重镇。三舅熟悉万溶江边上的乾州，而陌生于峒河边由旧所里而来的新吉首。乾州、所里才有他们那一辈人的人生故事。乾州古城和小溪桥边上的国立第八中学，在抗战时接纳了由内地临时转来的学校和学生，以及随着人流带来的新风气。留住过周立波、翦伯赞等一批知名人士，流传过在抗战期间一度风靡的《万溶江之歌》，那里曾经是湘西的中心。后来，在吉首读中专的表哥专门陪三舅重访了乾州古城。旧地重访，我想三舅是感慨而愉快的。

　　灯影下，三舅白眉高颧长脸的样子，会让我想到叶圣陶。我没有看到过三舅留下的什么文字，但听他的谈吐，斯文且清晰。这一点让我感觉新奇，我想，他在给学生上课时也会是这个样子吗？
我在大学里听过一些老教授的课，轻声细语，从
不高门大嗓。我爷爷也是。他是旧师范毕业生，
也因与三舅同样的原因，下放过农村，后收回在
一所中学教书。我在这所中学插班时听过他的课，
声音也是嘤嘤绵绵的，很细，斯文。后来知道，沈
从文讲课也如此。不知道，这是不是那一辈人的共
有风格。总之，印象里，三舅和爷爷是我亲族长
辈中读书和涵养最好的，几乎没见过他们红过脸、
发过什么火。他们的行为状态濡染着我们。

　　记得，大一那年，我在三舅面前念了一个大
白字。是在讨论一个历史问题，我硬生生地把"暹
逻湾"读成了"'瞿'逻湾"。三舅只是轻轻地
纠正了一下，并没有勉强的意思，这事让我难堪
了很久。在三舅的眼里，我一个长年与母亲在偏
僻乡下长大的孩子，能考上大学已经很不容易了。
他在包容我的野性和些许莽撞，他知道从乡里竹
林泥巴中滚出来，能存活都不易了。但也知道我
是他小他近30岁的小妹的孩子。当年，在外公外
婆相继去世，年幼的母亲无依无靠时，是他坚持从

微薄的工资中拿出一部分来供她坚持把书读下去。他改变了母亲的命运，母亲给了我生命。我从三舅的言谈举止中能读到他作为舅父的那份怜爱与慈祥。

在三舅家我的确有点莽撞任性，上学来去吃住在他家里，不谙事，贪玩，有时还有事无事地找理由延宕几天。那时，没有手机电话，虽然知道大致什么时段会去，但又具体不到哪一天，哪一刻，每每到三舅家都有些不速之客的唐突。我从半山上的小车站下了绿皮火车，提着简单的行李，就直往三坡湾那栋小房子走。走到那口水井边，有时会遇到提着白铝桶、挎着竹篮子在汲水洗菜的三舅妈，那年头还没通自来水，周边人家生活用水全靠这口山泉井。三舅妈一见我，就一脸地笑，就"永中来了，永中来了"的一句长一句短地招呼着，"晓得你放学了，就不知道是哪天来"，一阵念叨，一阵嘘寒，我帮她提着水就到屋了。

三舅妈个子不高，但聪慧善良能干。每次我到，三舅就会吩咐她炒好菜，给我补营养。一碗猪肉、一盘炒蛋是少不了的，豆腐必定有，米饭也比平时多了许多。当时，物资短缺，肉、蛋、豆腐无不需要凭票供应。三舅家还有一个等待工作的大表哥、正在读书的二表哥和小妹，一家日子过得紧巴巴的，平时是极俭省的。三舅知道我是个穷学生，而在农村，不逢年节，是很难吃到肉食荤腥的。当时年轻，吃东西不知控制，一不小心就多吃了，而三舅通常只是拣吃几块豆腐，一小碗饭。每到这时，我就会不好意思。三舅就劝我多吃，吃饱，你们年轻，长身体。这是我已年近70，属虎的，足足大我50岁的三舅。

大学毕业了，我留在了城里工作。三舅听了自然高兴，也替母亲高兴，说我们的苦日子见亮了。工作了，去三舅家的时间少了许多。母亲提醒我多写信给他。我写了，报告一些工作上的事情。后来渐渐地少了。

记得我工作后去看过一次三舅，是在医院。不久后，三舅去世了，我竟然没有去参加他的葬礼。不记得我是在出差什么的，但无论如何我不该缺席这场葬礼，为他送上最后一程。这是我的遗憾，终生的。

三舅走了已经那么多年。随着时间的流逝和年龄的增长，我对他的印象并没有因此而淡忘，反而是日益清晰鲜明且深长的。一直以来，我都试着像三舅那样，勤励地学习、工作和生活，学他气质中的那份平和和安静、淡定与儒雅，期望有一天能克服年龄常识的阻隔，拉近与他的距离，追上他，听懂他的教诲；与他交流，把他那座历史宝库打开。我奋力地追呀追，到了年近60的今天，还是迟到了，他已经110岁了。我在用我的阅历、见识、思索，努力修补与三舅在一起时遗留在历史里的缺憾与空白。尽管十分努力了，但能从追忆中打捞起来的东西终究有限，而就我的学力、见识、经验，我依然没有与他对等交流的资格，也接不住他有意无意输送给我们的东西。他和他那个时代，谜一样地存在过，也将迷一样地消失。他和他们那一代人，是不可能等来我们的成熟的，没有时间了。

　　三舅走了，他和他的时代走了，同时带走了他阅历中的许多人事，也带走了一个世界。人的故去，犹如一部书的湮灭，世界再无此人，世上再无此书，他们的世界终究无人知晓，也无从知晓了。

这一切，作为晚辈的我们，走了的无从挽留，遗下的也未必能接住。这是遗憾，也是无奈。

　　写下这些，为了纪念，而缺憾，却无法弥补。

2023 年 2 月 22 日

蚕豆花儿香

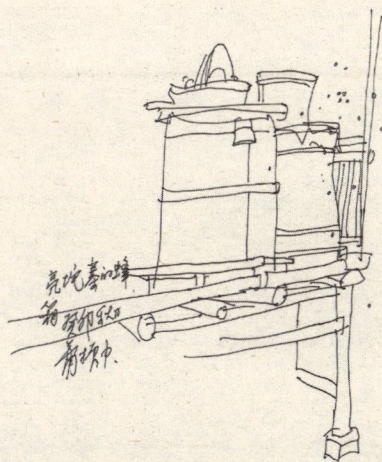

竞吃喜的蜂
翁玲珑纹
青玲中.

这些，味道都不错，

只是过去的，

带着露水的那股野味鲜香回不来了。

"蚕豆花儿香啊麦苗儿鲜。"

　　写出这句歌词的作者是懂农村生活的。蚕豆、麦子，都是南方和北方农村里常见的冬种作物。蚕豆花开时，田里的麦子也开始抽穗扬花，灌浆了。作物的香，往往是在花期时盛放的。平时，不经过着意的碾压挤揉，通株能散发香味的品种不多。蚕豆花的清香，麦子穗花的鲜香，都不是浓烈的那种。它们很低调，在阳春暖风里的色香百味中，绝对充当不了主角。

　　亮坨的后山，有祖坟守着的那块坡地，是一个聚宝盆。山地里，乡亲们会应节候种点蚕豆、麦子、芝麻、荞子、豌豆、玉米、高粱、红薯、花生、油菜等。地是小块小块划给各家各户的。加之坡地本身就不规整，成形成块的不多，各家都因着自己喜好和需要，随便地种着什么。有的开花了，有的才长苗。有的结实了，有的才发芽。匍匐于地的，拔节成林的，高的，矮的。红的，绿的，黄的，紫的，整个坡上像一个调色板。有了好吃的，有了好看的，也会引来一些小兽和鸟雀儿光临。它们就这样，一起热热闹闹地打扮着山野里的四季。

蚕豆、麦子都是亮坨后山山地里常种的。母亲说，这里的地起蚕豆，不起麦子。起，当地话，适生、旺长的意思。印象中，蚕豆是每家每户都种一点。种麦子的，要比种蚕豆的少些。我们那里，种麦子、蚕豆是在秋末寒露时节。麦子下种比较讲究一点，先得把火堂灰、尿肥与麦种拌合好，装在一个背篓或粪箕里，一人在精耕过的地上排行挖窝穴，一人斜挎着这个背篓或簸箕用手一小撮一小撮地抓着麦种往窝穴里点撒，然后再覆上一层薄土。蚕豆种子，粒儿大，且干硬，种它要简单一点，不需什么拌合就可直接裸种下地。地，只需要稍事整作，然后就一个小坑一两粒、两三粒地抛入。之所以要下两三粒，是为了保证齐苗，待到长出时，多的再行间苗。种子都播下去了，不久就有芽苗出土，经由一个冬天的雨雪浸润，待到春阳初开，春风上场，它们就会爆发性地长起来，由伏生贴地的小癞苗，噌噌地蹿长分蘖，拔节，出落成茂密的蘖枝、颀长的秆茎，直到开花、抽穗、结籽。

对蚕豆，清人吴其濬在他撰著的《植物名实图考》中有这样的记述，"其植根冬雪，落实春风……与麦争场，高岂藏雉，同葚并熟，候恰登蚕……"蚕豆长起来快，不几个暖阳天，从仅可藏雉，就可到半米，再到一米多高，然后就叶绿肥厚地、蘖秆密匝地把整块地严严地铺盖了。这时，小孩们、狗儿们窜进去是看不到身影的。当然，如山雉这样的鸟儿藏身其间，就更不在话下了。

蚕豆先开花，再结荚。蚕豆花，大体是蓝紫色的。如豌豆花一样，也有浅灰的、淡粉色的，各种花色品种。但不管什么颜色、品种，都始终有白底黑斑的两瓣，如半合着翅翼的小蝴蝶，着在花芯边。这时节，蜜蜂会来。蜜蜂，从左边油菜花地里过来，从右边紫云英花田里过来。蜜蜂在一朵一朵的花间窜进窜出，发着嘤嘤嗡嗡的声音。在这种天籁的旋律和氛围里，青青的豆荚就长出来了，并慢慢地变大，长成碧绿色的成人手指般的荚棒儿。再经几个晴日，浆汁饱满的豆荚儿就可以摘下食用了。

　　其实，蚕豆，人们并不把它当粮食种，更不把它做主粮。古籍《农书》是这样记蚕豆的，"蚕时熟，故名。……贫者食以代谷"。又说，蚕豆可以"接新充饱，和麦为糁……"这个糁，疑为"饼"字，未考。儿时，遇到过饥荒，但还没有到"食以代谷"的地步。蚕豆，于我记忆中的味儿，多是鲜食。所谓鲜食，就是把蚕豆的青荚摘来，用盐水煮熟当零嘴吃。偶尔也拌饭煮吃，却略带苦涩，味道不佳，聊可果腹而已。不谙事的小孩，盛饭时会专拣米饭，把难吃的豆儿拨到一边，留给大人。后来上学，读了鲁迅《孔乙己》里的"茴香豆"，才知道那粒茴香豆，就是蚕豆浸渍了小茴香、八角等香料，然后烹煮而成的一款地方美味。周氏兄弟的家乡绍兴盛产蚕豆，他们都在作品中记述过青蚕豆和"茴香豆"这几款小食品。周知堂在他的一则日记里有载"罗汉豆上市，杭呼青肠豆，又呼青然豆"。此下，编者注说，绍兴人叫蚕豆为罗汉豆，这里所记青肠豆、青然豆，都是杭州人对青蚕豆的叫法。古籍《益部方物记》有载，"佛豆，粒甚大而坚……以盐渍煮食之，小儿所嗜"。佛豆，即蚕豆。佛豆、胡豆，是云南人的称法。《云南通志》谓佛豆"即蚕豆……滇为佛国，名曰佛豆……滇无蚕，以佛纪，若江湖蚕乡……"以上，蚕豆的名称由来、食用之功，都被前人简约地讲到了。如果，要专门挖掘一下蚕豆的文化历史、前世今生，那恐怕得要一部专著才拿得下。

在我的记事里，蚕豆只偶尔代过主粮，属杂粮副食，通常只当零食吃。记忆深刻的还是吃青荚蚕豆。约莫在阳春三四月间，蚕豆开始枯花、谢顶，指头粗的青荚由棒状开始胀出鼓节来，这时就可以摘了，吃青荚豆。青荚摘下来，除了前面说的，直接用水煮，还可以放到文火热灰里煨，然后剥食里面的青豆。这烧烤出来的味道，就不只是临时充饥，更是一道绝好的美食。当然，摘下来，作青荚吃的，只是它的一部分，其大部分任它留在茎秆上，待豆荚渐渐变黄、发黑，直到蚕豆的茎秆也已干瘦枯萎，再连秆拔起，晾晒干。少的就用手剥，多了就堆在场坪上，用木连枷打，木棒槌捶，然后把枯秆、荚壳剔筛掉，收下豆籽。这蚕豆籽，粗大，淡绿色或褐黄色，扁形，像迷你的小鞋板；顶部一道豆脐，如一线眯着的佛眼。

豆籽收了，自己不作主粮吃，却可以兑换其他粮食。比如，一斤干蚕豆可以兑换一斤稻谷。那么，收蚕豆的人，用它做什么呢？去做酱，做辣子豆瓣酱。四川人善做这个，他们做的郫县豆瓣酱很有名，就是用蚕豆做的主料。我们那里，不知怎么，是产量太少或缺乏工艺什么的，用蚕豆做酱的不多，或者不会。但我们那时，常常能吃到另一种可口的酱——麦子酱。麦子酱，我奶奶和母亲都会做。

麦子收了，除了磨粉、做面、做酱、制作各种食点，也是可以鲜食的。麦子吃鲜，是要在麦穗出齐，开始由青转黄、芒茅穗头尚润软时，采下这半青不黄的麦穗来，直接放入文火里烧烤。待麦皮开始有点焦煳，再捡起，趁热揉搓，吹去焦皮，一粒一粒浆汁饱满，绿如小宝石的麦粒儿就盈盈于手了。这时，豪性的就一把一口地嚼着吃，斯文的则一粒一粒拣着吃。这烧熟的麦粒儿，入口脆而带筋，满是弥散着火烤的带点焦煳的清香。烧青蚕豆，烤麦穗，儿时在田头地角，常如此操作，且乐此不疲。

三宝小姑婆，是二甲阿普（阿普，当地对爷辈的称呼）的独女，与我们同龄，却大我们两个辈份。她家也有一块地在后山里。她母亲在时，会种一点蚕豆、麦子，还种一种甜秆子高粱，当水果。秋季则种点荞麦。荞麦，有苦荞、甜荞。苦荞，绿叶青秆开白花。甜荞，紫叶红秆，开粉红花。它们长在地里，装点在山坡上，远望像挂在那里的红白花衣，看起来，就舒服。三宝平时喜欢在荞麦花丛里玩，躲迷藏，逗母亲。后来，母亲去世了，二甲阿普就没了心思，许多作物都不种了，每年就顺便丢一点麦种，多少收得一点点。三宝家的麦子、蚕豆还有荞麦收了干什么呢？麦子除了做面点，还可以去换李子吃的。邻边寨子马草坪、背笼村，出产上好的李子。南风薰日里，李子正好在收麦子、剥蚕豆时成熟，这时的李子又叫麦子李。一升麦子可以换三到五升麦子李。蚕豆兑换时要少一点。李子也是用木升子量的，兑换比例、市价行情要看丰歉定夺。麦子李酸酸甜甜的，三宝和她娘都喜欢用麦子、蚕豆换李子吃。荞呢？荞可以磨成粉，做成荞麦窝窝，用油桐叶包着蒸，荒时当饭，平时吃它，味道也很好。后来荞不种了，麦子、蚕豆地也不怎么管了，收成一年不如一年。再后来，三宝被人说了媒，穿着红花衣，嫁到山那边的沅陵乡下去了。二甲阿普老了，成了孤老，去了乡里的敬老院。三宝家的地也就被人分着种去了。

后来，时代开放，村里壮劳力都出去打工了，女孩一个一个长大嫁出去了，读书的小孩子也跟着进镇里或县城上学去了。留在村里守着老树、老屋场的多是老人。背山后的祖坟守着的地没人种了。后来，说是坡度超过了25度，被政府退了耕，种树还林了。山地里生了树、长了草，以前种的出产也都没有了，蚕豆、麦子也消失了，就整个地退还给了野猪、野兔和各类鸟儿。

我们的那个儿时，已经过去，树生草长的村寨依然还在。

现在，城里为了养生保健，又以吃杂粮粗食为时尚，各种杂粮做成的食物，琳琅满目见于超市的货架上，仅蚕豆制品就有好多款。小孩们的吃食更是丰富，品类齐全，包装精致且经过各种指标检测，营养、安全。

　　蚕豆、麦子，本属杂粮，而现今也竟变成人们佐食的一道道菜点。宴客会友的餐桌上就常常能吃到蚕豆仁。一盘去了皮、只留下两瓣叶芽样的碧翠的裸仁，摆着看上去就舒坦，吃起来酥香软脆。也有上青麦粒儿饭的。这些，味道都不错，只是过去的，带着露水的那股野味鲜香回不来了。

2023 年 3 月 2 日

撒开了你那温暖的手

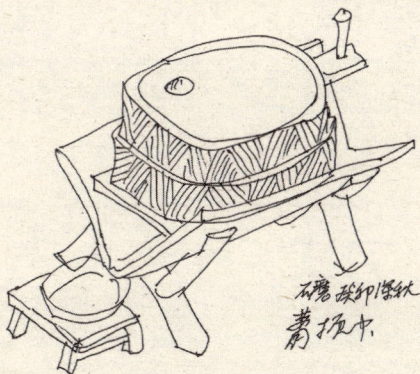

白日间，远山苍茫。

夜晚里，星河灿烂。

父亲，那边的世界很精彩吧。

一

　　最重要的指标——血氧饱和度，怎么也爬不到 90 了，一直在下落，下落，再下落。85，70，35……心律，血压，各种红字一齐在跳闪。然后，"T 波"最终拉成了直线。仪器那一直嘟嘟叫个不停的警示声也静默了。

　　世界黑了，我掉进了一个深深的冰窟。

　　终于，不得不，你撒开了一直抓住我的、你那温暖的手。我望着你从痛苦中平静下来的、安详的脸，不舍地把你的余温，紧紧地攥在手心里——这，可是你伴我五十八年零八个月的温暖啊，我的父亲。

二

我真后悔把你推进ICU。

一道铁门和铁一样冰冷的医嘱，隔断了里面的痛苦，外面的焦虑。你的进去，让我们更加无助、不安。

铁门，终于被痛苦撕开一条缝来。

"58床，58床，58床的家属在吗？"护士探出头来，这是一阵不祥的呼叫。

我们被呼叫声弹射起来，得以侧身进去，靠近你的身边。我知道你的痛苦、挣扎。你喃喃着，从氧气罩里吹出"回去，回去，要回家去"含糊不清的字语。

母亲已于上午得到特许，来看你，手拉着手，与你说话，要把说了一辈子的车轱辘话，再与你说上一万遍。但，还是没完没了。

下午，ICU终于开放了"良心"。这时，你的儿孙和儿孙媳，在长沙的侄女和女婿，一个一个地轮替着进来看你。

你的大孙子，把专程去乡下亮坨录下的一段视频播给你看，瓦屋，小木楼，老枫桥树，大黄连木，水井……这时，你眼里现着平和，眼角却淌着泪。

你看到的最后一个视频，是在无忧无虑游玩着的你的重孙女。你下意识地向着视屏中的她抚摸着……在你80岁时，她来到了这个世界，与你相遇了。你和我们都把她当天使，当太阳。你与许多当了太爷爷的老人一样，不满足，还希望活着看到重孙长大成家的那一天。但你与她失约了，你怂了，你没挺住。

太奶奶怎么哭了？

太爷爷不在了，太奶奶伤心。

太爷爷不在了，是死了吗？

是的。

不对，太爷爷没死。他不会死的，他变成星星了……

哦，是的，妞妞说得对。

那么今后，我们就在天上看太爷爷啰。

是的。

…………

这是才3岁多一点的小重孙女，与她奶奶的一段对话。

三

入敛师推着车进来了。

医生在吩咐着什么。

护士把蛛网样蛰附在你身上的管线、仪器，一件一件拔下，拿走。写着你姓名信息的腕带也被剪了。最后，连白底蓝竖条的病号服也全褪去了。我和弟弟，还有你的两个孙子，轻轻地把你尚温软的身体放进了一个黄色的布袋，你就这样干干净净地被大地收归了。

按照你的愿望，我们把你送回了老家，安寝在一个有茶树花、樱桃花、兰草花开的家乡的一个山头上。

你的遗照，缩成了一方瓷画，嵌在一块黑色大理石碑上。碑面，是你与"墓"字相联的大名，左下边密密匝匝镌刻了，会记住你的、子辈、孙辈、重孙辈们的名字。

四

你走的这些日子，我们就轮着陪母亲说话，讨论人生的意义。说到你，你是一个平凡无奇的人；你是一个功德圆满的人；你是一个一生没害过谁、没欠过谁，但有时有点急躁，爱发点脾气的人。你一生善良、正直，在无意义的生命中，有意义地活了一辈子。母亲说，你是甘于平凡的，但你有时又是骄傲而高调的，说自己最大的成就，就是生养了我们兄弟，缔造了我们的家。

你现在是在一个高高的山头上了，这山叫南山。

立此仁望。

白日间，远山苍茫。

夜晚里，星河灿烂。

父亲，那边的世界很精彩吧。

你会拥有你来世的另一个世界，也会拥有今生世界对你的尊重和纪念。

从此，清明节，我们会来看你的。

年年。

2023 年 3 月 6 日

灰棚，瓦棚

烧过瓦的包田，

只剩下了瓦棚。

没有了人的瓦棚，

最终成了一个新地名。

一

不知为什么，祖辈父辈会为我选定一个叫亮坨的地方作为生命的源头，人生的故乡。对于贫困、苦难、温暖交织着的那片土地，那个童年，那些岁月，谈不上不舍，却有着十分地亲爱和怀恋。在这个源头处，有无数刻入灵魂的意象。这意象，时常被记忆的风吹起，飘浮升转在我的梦中。或许是爷爷额头上那粒汗珠，或许是老屋瓦口上的一行檐溜，或许是枫香树下那脉流泉，或许是伴我人生之初的那声杜鹃啼鸣……有时是播在土地上的一粒麦芽，浸在谷雨水中的一颗稻种；有时是溪边上的那坊水碾，水田边的那棚筒车；有时又是羊肚菌样长在山野间的一顶顶灰棚、瓦棚……

现在，我想念这灰棚、瓦棚了。

灰棚，瓦棚

二

灰棚、瓦棚，算是儿时乡野间最常见的一种建构物。

瓦棚不是瓦盖的棚子，正如灰棚不是灰盖的棚子一样。它们就是用山上丝茅或田地收割后的稻草、秸秆盖的草棚子。

盖在田头地角，用于临时堆放草木灰肥，存放犁耙戽桶等农具家什的棚子，就叫灰棚。搭在烧瓦的窑边，专供做瓦烧瓦的师傅起居劳作的草棚子，叫瓦棚。

与灰棚相类似的，还有地里瓜果粮食成熟时节，为了防人偷兽害，人们用于看护庄稼而搭的各类瓜棚、菜棚等。这些搭在远离村寨的棚子，有时也充当看牛娃、行走劳作人避暑躲雨的临时栖所。

与现今搭棚子，动辄以钢构为骨架，用油毛毡、彩条布、雨帆布甚至铁皮做棚顶的不同，那时，农村要搭个棚子，没有现成的料，全得靠就地取材。

这类棚子，搭法简单，只屑三根山木条，几捆就地割下的丝茅草或稻草秸秆便可以搞定。先将一长两短三根杉木或枞树条齐头并好、扎紧，以两根较短的木条为前支，较长的一根为脊梁。作梁条的这根长木，如若在平阳处就直接落地，遇斜坡则就便搭于后坎上，也有直接搭在某棵有枝丫的树上的。有了这样一个锥型立体骨架，再将以短木支撑的面，按照迎光背风向路的考虑，正好方向，最后把事先编好的草档子，一扇一扇地搭上、扎紧。一间草棚子就搭建起来了。

当地，有一种喜生于砂土坡地上的丝茅草，叶片扁直修长，柔韧耐腐，是盖屋搭棚的上好材料。我相信，当年诸葛亮的茅屋、杜甫的草堂，用的就是这种材料。过去，农村茅屋是常见的，建房造屋，建得起木楼瓦屋那得是有讲究的殷实人家。即便这样的人家，偏栅侧屋也还得以杉树皮、丝茅草代瓦。至于猪圈、牛棚、野墅则一概为竹篱茅舍。传统的中国乡村，除了皇家林苑亭阁楼榭，茅屋篱舍是旧文人山水画中不可缺少的重要点缀，也成了有着乡居体验者的记忆符号。灰棚、瓦棚也是我乡村生活中泯抹不去的乡愁记忆。

灰棚，因陋就简，轻便适用。瓦棚，则需要满足人的起居劳作之用。虽也是草木材料，但它的营构要复杂些、讲究点，其规模和空间构制有的也不亚于一栋正堂木屋。

烧瓦，造窑是第一件事。窑址选定了，造窑、做瓦得有个遮阳挡雨的地方，就需要在附近搭一个大棚子。这个棚子，就是瓦棚。瓦棚的型制大体与灰棚差不多，也可以说是一个大比例的灰棚。棚子搭好，瓦匠师傅才可以在里面起居劳作。

三

瓦棚，在亮坨人的概念中，也是一个地名。亮坨，原是公社、大队下面的一个小生产队，现在是一个乡。瓦棚是村下面的村民小组。在它下面，就再没有可以进入地图和书面的地址名称了。人们习惯按照日常耕作的田地方位、形貌、动植物，为某一片山坡、某一丘田、某一块地、某一道沟坎取上自己的名字，比如坳上田、团包田、头坝田、尾坝田、巴夯田、瓦窑田、灰棚地、板栗地、樱桃树地、偏山地、盘上路地，还有蒿根坪、马草坪，甚至猪屎溪、牛屎坡重口味的地名，等等。

瓦棚所在地，原来叫包田。因为当年选在这

里烧瓦，建瓦窑，搭瓦棚，后来就改叫它瓦棚了。

瓦棚，在村西头去枞树溶的路上，约二里地。但这对刚刚记事的我们，从家里到瓦棚去，无异于一次小小的远行。

要去瓦棚，先得从阿文家的猪栏边过去，上几个台阶后，到阿华家屋门前，再从阿乔家的偏栅穿出。那棵大枇杷树是长在老屋场的基坎上的。过了枇杷树，是一口旧瓦窑。旧瓦窑往上一点，有棵老青枫树，另一棵是老枫香树。这树兜下的根，巨蟒一样盘结在那里，实在太大，有的地方得攀爬着过。爬过大树根，是一个水凼凼，平时牛喝水和水牛练凼洗澡的地方。水凼，全荫在大树下，夏日里很清凉，但也多蚊蚋和虻，有牛粪尿味。过牛栏，走两道田塍，是板栗树下的一条小水沟。小水沟平常是干瘦干瘦的，只有下雨后，水流才丰沛起来。水是从上面一壁大岩坡流下来的，水贴着石板薄薄地滑行，织着细密的辫纹，像一匹绢。水落下坎时，又叠成了几层小瀑布，然后淙淙有声地流到坝田、巴夯去。跨过小沟，还得走三道田埂，再从一棵木油子树（乌桕树）下下几脚土坎，直到能听见脚下咔嚓咔嚓的碎瓦碴声，就到了瓦棚。

乡里人过日子，一生中最大的几件事，除了接生送死，就是嫁娶成家，盖房子。

熬过苦日子的亮坨人，开始有了饱饭吃，才作古正经地考虑起盖房子的事来。

这头两年，老天帮了亮坨人一个大忙，有了好收成。伍叔、阿法、卫宝家都盖了五柱六挂、四排三空的房子。庆友盖了房子，还娶了亲。屋架子搭起来了，没有瓦，先用杉树皮或茅草将就着。等下一个好年成烧几窑青瓦。圣志、长富家的半边茅草都盖五年了，也正等着青瓦来替换呢。这时，生产队也正好要盖一栋仓库。烧几窑瓦的事就这么定下来了。

毕竟，造窑烧瓦这顶大事，对于一个村寨来说，是几十年、几代人才遇上的。盖瓦棚，建瓦窑，需全村动员。先得选址，做瓦烧瓦要选泥层厚黏性好的土，还得靠山近水，便于取窑田水和砍瓦柴。水在巴夯沟里，柴在盘山坡上，都很近。泥瓦工都是重活，就地取土做瓦，就地造窑烧制，可省却不少搬运之劳。原来，老青枫树下的那孔老窑已经坍坏，窑孔里那棵泡桐都人腿那么粗了。再说就近的好泥巴已取完，人们决定再往西头找。去枞树溶路上那丘包田才被选中了。

四

烧瓦是大事。造瓦窑，搭瓦棚，整晒瓦坪，开泥塘，踩瓦泥，起瓦垄，码瓦坯，背瓦柴，烧瓦窑，守窑火，灌窑水……一路工序，无不需要全村老少协力参与。

瓦窑窑址选定在包田的后坎边上，瓦棚就只好搭在包田的东头角上，留得西头做瓦泥塘、晒瓦坪和码瓦坯的垄子。

上好的梁木条已砍来了，大捆大捆的茅草已成山地堆着。

开始搭瓦棚了。

从盘山坡上砍下的都是直苗苗的好料。选最大最长的杉木作大柱，稍小一点的作辅梁，小一点的做横栏，再细一点的小树条，就纵横交错地排着。每一个结点都用葛藤或青藤扎得紧紧实实的。不到两天工夫，瓦棚的龙骨架就出来了。

盖茅草这天，阿三小姑婆就领着我们一群小伙伴早早到了棚架下面。我们仰着小脑袋，看大人们一扇一扇地把编排好的茅草递上去，再一叠一叠地搭好。眼望着头上的天，也就一厢一厢地变窄。直到棚顶上最后一抹天光，被一扇茅草档补上。后来上学，读到女娲补天，就会想起盖茅草的事来。无论盖茅草、盖瓦，都是补天的事。

　　人在天地间，不能总是面对风雨头顶天日呀，要隔着点什么，得挡点什么，于是有了古有巢氏造屋。我想，人造的第一栋房子，应该就是灰棚、瓦棚的样子了。有了这个棚子，从此人与天、人与地、人与人才有了遮挡、隔离，同时也才有了遮挡、隔离与展现、融合的矛盾，有了天光与暗夜的分野。有了天光就无法挡住风雨，挡住风雨却又得牺牲天光，茅棚无法解决这个问题。解决这个问题，是在窗发明以后。茅棚是没有窗的，也做不了窗。茅棚里面的明暗对立，就只能交给灯火了。一盏油灯，一束松膏柴火，才可剪开隔在天光与暗夜间的那层膜。

　　棚子搭成了，平时总让人担心的寒风和冷雨

就被挡在了外面。有了把风雨挡在外面的草棚子，就可以放心地住人安家了。

这是瓦匠师傅们的家，肯定要造得尽量好一点，同时还得赶快把棚子里的生活行头备好。昌荣叔已去沅陵请瓦匠师傅了，这两天就要到。木床要扎起来，被窝要暖和。锅灶要架起来，油米要先安排好。成把成捆的枞膏油块也要备足，夜晚照明、行路都得靠它。下湾田那口水井已淘了一遍又一遍，陈年的腐泥烂叶已刳干净，再淘一次，澄清下来，就可以直接用了。

没过几天，瓦匠师傅入住了。从此以后，在寨子的西头，那个茅棚，白天就有了炊烟，夜晚也有了枞膏油点亮的、隐隐闪闪的灯火。

五

今年，雨水来得均匀，盘山路上那祖坟守着的几块肥田，看来又是好收成。红薯苞谷和套种在苞谷地里的黄豆都鼓荚胀包的。鸟雀和小兽们开始活跃起来，最具破坏性的是野猪。何秀婶子有点担心她家的那几块苞谷和红薯地。最近野猪有点小猖狂，茶子坡上的那窝野猪又生仔了。她提醒竹叔赶紧把地角那老灰棚再添点茅草，得去地里守守了。

说起灰棚，何秀婶娘会想起当年的事。要不是那年大热天里，忽然下了一场大雨，把正在山上赶路的她和竹叔逼到那灰棚里去，她哪会那么快就答应嫁过来呢！悖时砍脑壳的，她常常人前人后地嗔怪着骂着竹叔。竹叔也只是坏坏地笑笑。望着一双争气的儿女，何秀婶娘对嫁过来的日子没有后悔。今年她家也要搭伙烧一窑瓦，把屋上那半边杉皮茅草换掉。她家的烧瓦柴早就砍好了，就堆在灰棚边，等干透了再送到窑里去。

瓦匠师傅，是从沅陵乔溪请的，一老一少，师徒俩。师傅姓石，徒弟姓瞿。瓦棚已搭好，昌荣叔引着他们进了棚子。看得出，对这个瓦棚，师徒俩是满意的。石师傅从泥塘里抓起一块泥，在手上一搓一捻，又细又黏，脱口说，好泥，好泥。喝开工酒时，石师傅醉了，许了重诺，一定给亮坨烧出最好的瓦来。后来证明，石师傅没有放空话，他们烧出的瓦，窑窑青，没有红瓦，没出废品，也没坍窑。有人说，亮坨寨子小，人厚道，待手艺人特别诚心。烧瓦人心里明白这个数，没有在关键环节留一手或做手脚。不像别的地方，有烧废窑，出红瓦，甚至出坍窑事故的。

春尽夏至，天光丽日下，寨子上的人忙着田地里的活。充足的阳光，适时的雨水，温润的土地，把地里的庄稼宠得油光水亮，山野吹着香甜的风。

石瓦匠和他的徒弟，专心地做着瓦。除了每一次踩瓦泥，全村老少都来，平时就他师徒俩，守着瓦棚，有点寂寞。

踩瓦泥，是热闹又带点游戏意味的快乐劳动。一塘瓦泥用完了，就要再踩一塘。每次换塘泥，全村老小都要来踩瓦泥。把新挖来的生泥土用水浇软，先由大人小孩们赤脚下塘不停地踩，反反复复，在泥塘里深一脚浅一脚呼哧呼哧地走圈圈。满塘的嬉闹声，连成年人也仿佛回到了童年。小孩们更是在此得到大赦似的，放开了胆子玩泥巴坨，干泥巴仗。随着笑声闹声，泥会越踩越细，越踩越匀，越踩越黏，由生泥变成熟泥。第一轮人踩完了，还要牵牛进去踩第二轮，做进一步的踏踩拌合，特别是经由大脚的水牛，踩出的泥更是黏稠细腻。

灰棚，瓦棚

踩好的瓦泥，还得搬出塘来，码垛成堆，由瓦匠师傅再进行整理加工。这时，石师傅和小瞿师傅会以用细钢丝做成的大木叉泥弓子为刀，把瓦泥切削成一方一方的泥垛子，以便于用小钢丝括子一弓一弓地取泥做瓦。

接着开始制瓦，制瓦得用瓦模。瓦模是一个可以开合的木筒子，筒子上镶有对等的四根楞条。套在筒子上的一层布襕，叫瓦衣。一副瓦筒子，以楞条划等分，一次可以成形四匹瓦。使用瓦模，师傅熟练极了，用带细钢丝的小刮弓，从泥墙上揭出一条条泥片，然后像捧哈达一样用双手把泥片往木转盘上的瓦筒一裹。接着一阵转、捻、抹、揉、挡、括，一筒新瓦坯就成形了。新瓦的厚薄匀称，全靠手感。这方面，石师傅对徒弟是满意的。为防接地粘结，刚做出的新瓦，要连同瓦筒先到备好的灰堆或锯木屑上顿一顿，才可一筒一筒地立在晒瓦坪上晒。太阳下，新瓦散着一股泥香味。

六

转眼，清明又过了三朝。阳雀叫了，这是个

大开春日。新开的桐油花从嫩叶的背面，争着探出头来，把一束一束，长柄、白瓣、红心的小喇叭对着春风放肆地吹。这时，开十字白花的蓑衣藤，绞缠着吊丝丝花的山櫒木，漫山遍野地和杜鹃一起热闹起来。

回去挂青的瓦匠师徒如期归来。和他们一起回来的，还有一个女徒弟，十七八岁的样子。见过她的人说，这个女孩子，辫子又长又黑，像《红灯记》里的李铁梅，喜欢穿一件红灯芯绒衣服，见人就笑出两个小酒窝。有人说，这个女徒弟就是石师傅的女儿。又有人说，她是小瞿师傅的对象。说是徒弟，石师傅并没有派她干泥巴上的活儿，只让她在瓦棚里打下手，洗洗衣服，做做饭菜。闲着时，女徒弟就由她的一条小黄狗陪着，去到亮坨寨子上找婶婶嫂嫂们玩。她爱采花，油菜花，草籽花，野蔷薇，红山茶，桐油花，都是她喜欢的。她爱摘野泡子，会把摘得的野刺莓苞，用桐叶一包一包地装着带回来让石师傅师徒吃玩。还喜欢挑野胡葱，吃枇杷，采蕨，掐椿芽，掰新笋。笋子多了，吃不完，她就学着嫂子们把它做成笋干；椿芽用来炒鸡蛋，野胡葱留着炒腊肉。秋冬里，她就捡板栗，摘八月瓜，看人家烧蜂子。

女徒弟整日整日地忙着，玩着。若天气不好，或者不想出去了，她会守在瓦棚里，用摘下的狗尾巴草，逗小黄玩。小黄懒理她，挺着身子在瓦垛子下睡着了。她无聊，就看石师傅和小瞿师傅做瓦，看他们是怎样用几根细细的钢<u>丝</u>就把一团泥盘做成一片一片瓦坯的；看他们用大弓、小弓切泥块，堆泥垛；看他们在木转盘上装瓦筒，用绷着细钢<u>丝</u>的泥刮子，揭泥、装坯，接着在转盘上一阵捻缝、抹面、齐头，做出一筒一筒的瓦坯来。

有时，会看得小瞿师傅不好意思。石师傅就支她出去背凉水。凉水就在包田下那丘湾田的后坎，是一口山泉，边上有几棵大柏树、枫杨和一棵樱桃树。樱桃树上的樱桃已开始由青变黄了，但要等到紫了才好吃。性急的乌鸫，长尾红喙的山喳娘，灰斑鸠们，还没等到果子熟透就下嘴了，有的果子被鸟儿们弹落在了泉水里。

井水是重新淘洗过的，泉底铺着紫红色的细砂，干干净净的。有小小的、半透明的小虾子在围着掉落下来的果子好奇。女徒弟也盯着虾们好奇。背水用的是一个老葫芦壶，这是当地人专门把老葫芦晒干掏空后用来装凉水的。这种葫芦有的还加套了篾笼子，大的可以背水，小的可以盛药和酒，剖开了还可以当瓢。

女徒弟把凉水背回瓦棚，看着小瞿师傅就着葫芦口，喉结一鼓一鼓地把水喝下去，汗和水满胸满口流着的样子，她的心里就有着说不出的快活。

日子一天一天过去，新瓦一墙一墙做出来。瓦棚里堆不下了，就码到外面去。一条一条的土垄是早已整好的，瓦坯码在这里，只要盖上茅草挡雨就行。成墙成垛的新瓦在日晒风吹中干透、变白，只待入秋后装窑烧制了。

七

从建窑、做瓦，到烧瓦成器，寒暑刚好一个四季。那一年，差不多每家都添了新瓦。少的几千匹，多的上万、几万的。

那年冬天，人们挑走最后一窑瓦后，石师傅、小瞿师傅和那个女徒弟，还有一只黄狗，也就走了。

我是在一次放学回来听说的。从此以后，白日里，那瓦棚的炊烟没有了，那小黄狗熟悉的吠声没有了，那爱穿红衣裳的身影没有了。到了夜晚，那透过树林子的隐隐闪闪的灯火也没有了。寨子的西头，是深远的静寂。

　　烧过瓦的包田，只剩下了瓦棚。没有了人的瓦棚，最终成了一个新地名。

2023 年 3 月 29 日

当年村小

那根板栗木的篮球架桩还立着，

在太阳下拉着长长的斜影，

像是证明着曾经的一种不曾改变的存在。

村小在离我家才三里地的大塘坡寨子上。

三里地，是指下一个坡，过一条溪，再上一个坡的路程。若论直线距离，也就是对山喊得应的五六百来米。

发了蒙，上了学，成了学生，也就要正正规规挎上书包。我们那时的书包，不像现在是可背的，简单得只是一个布袋，布袋口的两个角上缝上棉绳或布条，斜挎在肩上就成。衣服上下，凡是有扣子的地方都得扣上，裤子要封上裆，系紧，尤其不能垮着。这叫严谨，对学生要求的那种严谨。那时的老师，有的是从旧社会解放出来的，过去叫先生。或者是在旧学校、老师范读过书的，现在叫老师。

学校暂时借寄在黑皮和中海家共用的堂屋里。从发蒙生，到一、二、三年级，才共八九名学生、一个老师。还有堂屋梁上的燕子窝，未及搬走的春碓，都和我们共挤一堂。原来在供天地君亲师的神龛位置上，现在挂了毛主席像。老师是我母亲，一个高中生，从外地嫁过来的媳妇。那时，语文、算术、音乐、体育全是一个老师担当。劳动，也是一个重要科目，这也是我们唯一能盖过城里学生的科目。你只屑看，我们一双双握过镰刀、捏过锄把、扯过猪草，皱皮黑甲的小手就可说明一切了。

学校初办时，上课下课敲的钟铃，是挂在挑梁下的半块旧生铁犁口。用木棒敲出来的是镗镗的钝声，低闷，传不远。用铁棍敲出来的是铛铛的锐声，清越，传得很远。下课了，我们玩得远，即便玩到山背湾里、溪沟底下也能听得见的，就是这种。后来，行游在外，于深山古刹里，偶尔也能听到类似的声音。有时找不到铁棍，母亲就借黑皮家的柴刀，用刀背敲铃，估计我们跑远了，才这样敲的。

没有钟表，就看日头估时辰。遇雨天、阴天，就听鸡叫。那时的鸡，守信，正午时辰也会叫一轮。鸡对光敏感，能见到人见不到的光。比如，天亮

前的头道鸡叫，人眼根本看不到光，鸡能看到，
或感受到。后来知道，鸡叫是生物钟行为，天生
的。它什么时候静默，什么时候该叫，是自然的、
本能的，也是愉快的。那时候，课本上有篇《半
夜鸡叫》的课文，我们一听就懂，但一细想，周
扒皮的行为又会让我们好笑。只是那种逗鸡的叫
法，应该是被人破坏规律，打破生物钟，被动的、
痛苦的叫法。我们乡下，半夜里时常有山猫偷鸡，
鸡就是这么个叫声，求救的叫声。

　　毕竟是学校，什么都得有。一个叫操场的地方，
一根独木柱，上面钉上几块板子，用大螺母拴上
一个铁环，就是篮球架了。那根独木柱，是在生
产队长亲自指挥下，专门砍的一棵板栗树做成的，
说是这种料，经事，结实，耐腐。篮球架下面是
人们抢球投篮踩紧了的一块红土，扇形的，不大，
就晒簟那么一摊。稍外围，就是杂草，巴地生的牛
筋草、马坡蓝、狗尾巴草、带刺的野苋菜等。明明
有几堆猪屎、牛屎在那里。再外围，是一窄溜水田，
田外就是高坎。坎下是溪，球喜欢往这里逃跑。打
球的时间，没有捡球的时间多。所以，篮球对我们

的吸引力不大，这也是我至今打不好篮球的原因。

　　读完"a, o, e, i, u, ü" "b, p, m, f"就是唱歌。唱歌，大家喜欢，对着一架有点瘸腿的风琴，母亲在上面按"哆来咪发嗦啦西哆"，我们就跟着号吼。口琴只有一把，精贵，大家轮流过瘾。女孩们都争着先吹，说男孩子不卫生，有的人还挂着鼻涕。有时，也用笛子、二胡。笛子、二胡，学校没有。朱双的笛子好，吹《喜送公粮》，在公社得了奖。庄叔，擅二胡，拉《赛马》，是全县的头三名。箫，是应锡吹的，坨坪人，住独家村。半夜里，会有箫声传来，深空幽远，会把山吹空，会把人的心吹空。这个就是他吹的。朱双和庄叔常常被请来上示范课。应锡没被请过，说是他的曲子阴气太重，不是朱双、庄叔那种阳光激越的调子，上面打了招呼。

　　因为朱双比庄叔年轻，后来就被招来当代课老师。朱双来是接我母亲班的，我母亲被调到大队办的小学去了。朱双没想到，他会成为这里唯一的老师。穿一双回力牌白球鞋，远远就可以看到他走来，喜欢他的女孩很多。后来，朱双被叫了校长。

让他成为校长的，是从上面刚分来的一个师范生，两个老师、八九个学生的校长。

朱双成了正式老师，就住进了学校。学校在村前的一个土包上，有两间房，一间办公用兼教师宿舍，一间为教室。朱双就住在办公室兼宿舍那间。学校坎下面就是坟地，新来的师范生不敢住，朱双就让他借住在村上的仓库里。

学校的生源就是周边三里范围的几个自然寨，不多，最多没超过二十人。后来政策放开了，外出打工的多了。有的小孩跟大人进了城，生源越来越少。不久，就听说学校被调整合并掉了，朱双也调进了乡完小。那个师范生，考了研究生，也走了。

前些年，我回家看父母，顺路去了那时的村小。校舍早没了。小球场荒着，依然是牛筋草、马坡蓝、狗尾巴草和带刺的野苋菜，还有猪屎、牛屎在那里。那根板栗木的篮球架桩还立着，在太阳下拉着长长的斜影，像是证明着曾经的一种不曾改变的存在。

2023 年 9 月 15 日

滔哥，不是一枚果子

滔哥，不是一枚果子，

他是朋友们中，

山里甘泉清风的存在。

有时吃着一枚果子，就想，这枚果子怎么就到了我的手里，饱了我的口福了。比如，现在正吃着的一颗猕猴桃。它是哪儿来的，大概是知道的，毕竟就那么几个大产区、几个品种，再细一点的就得费点神了。要是再较真一下，问它是出在哪支山，哪块地，哪棵树，哪个人摘下来的，经过多少人手周转，才到我口里的，这就玄了，一般都是讲不清楚的。对这，我们把它归为缘。它有缘来到我手头，我有缘吃上它。这么想下去，就觉得这个世界真是奇怪起来了。

其实，人也是一样，认识不认识，也总有一种缘在里面。这就是哲学上讲的偶然性，数学理论中的概率。我与滔哥的认识，就是概率上的事。如果当年我不参加组织选调，如果选调了不把我分

滔哥，不是一枚果子

在凤凰等，还有很多如果。我的如果之后，还有滔哥的如果，如果不是缘，我们是不会有机会认识的。认识了，就一定会成为朋友吗？成为朋友，一定就是好朋友吗？那也不一定。滔哥，后来离开湘西，去了长沙发展，而我又阴差阳错地也调到了长沙，那就有了隔三差五小聚一下的机会。他有朋友，约我；我有朋友，约他。共同的朋友，一起约；没有朋友，自己约。朋友约朋友，自己约自己。就这么，把老婆还没有调来的一段空档、无聊孤寂打发过来了。

当然，滔哥不是我说的水果，是个大活人、好人。滔哥叫谭滔，大我两三岁，就自然叫滔哥。滔哥，并不是当时就这么叫的。那时，他是县委副书记，县长后面排的就是他，我才是一个副县长，仅仅排在挂职副县长前面，常委会都没有资格参加。工作之余，有时找他聊聊天，走走玩。谭书记忙。那时，我们只能叫他谭书记，把一个副字也省略了，或者干脆用当地叫法，谭书。谭书知道我们找他玩，只要开会不太晚，总会想到我们、吆喝我们的。我们一起在挂在西门坡"青山如是楼"的宿舍里聊天，有时打打扑克牌。

对谭滔，是先知其名，后见其人的。组织决定选调我下县工作时，我在校时的班主任，孙老师就对我说，你到县里去，我有个好朋友的小伢儿也在那里工作，任县委副书记，叫谭滔。记得我是6月中旬去县里报到的。接待和安置我的事，就是谭滔操持的。学校派车把我和生活物品一送到，一切都交给县里的同志管了。先是在招待所临时住着。那时没有食堂，吃饭是个问题。谭滔心细，时常的一些接待应酬，他能做主的，又有交叉认识的人，就都把我和另外几个挂职的一起叫去。这样，蹭了不少招待饭，更重要的是接触到了各方朋友，这种眼界，在学校里是难得打开的。招待任务不是天天有的。没有人接待，又不好去别人家里去吃。人情复杂，一般不要随便去私人家里吃饭，这是下来前，有人提醒过的，谭书记也这么告诫。我们就自己招待自己，搞AA制。广场边上的清心火锅店，成了我们常去聚会的点。滔哥，这里忍不住要叫他滔哥了，因为他待我们越来越有大哥的样子了。滔哥有几道拿手的菜，到这时候，他会亲自掌勺，小炒鸡丁、辣椒炒肉、煎鳜鱼、五花肉炒枞菌、酸辣椒、水豆腐之类，他都拿得下。有时兴致来了，喝点小酒。喝酒，我是那时学会的。

滔哥长得怎么样？就是干部的模样。他是从湘西土家族苗族自治州州委组织部部务委员派调下来的。人不高，头发绒细的，因为细，就显得稀少。衣饰周正，灰夹克主打。白衬衫、T恤衫，总是扎在裤子的皮带里。皮鞋，或凉皮鞋，这是当家穿着。说话时，会正眼看着你，语速不紧不慢，一板一眼。描述，讲观点，很快就会归纳出一二三四来。据说，他报告做得好，好多干部在悄悄模仿他。他对女干部有点严肃，所以她们不敢有工作之外的造次。他管干部、政法，是县里的三把手；有重权，人又严肃，干部都怕他三分。

知道谭滔文章写得好，是在他调离县里后。一次在地方党报《团结报》看到了一篇《静静的苞谷林》，署名谭滔，很是惊奇。接着又不断见有署名谭滔的新诗发表。才知道，他在吉首市委办工作时就显露出这方面的才华了，后来还去大学干训部读了中文系。

滔哥比我早好些年到长沙。滔哥这个叫法，是什么时候热叫起来的？是在长沙。滔哥调去长沙，很快在那里铺开了场面。他人缘好，义道甚至豪气。滔哥出身干净，老家湘潭，老父亲是中国人民志愿军，和作家、诗人未央是战友，本人也是诗人。滔哥得其父为人和作诗方面的家传，为人正，诗也正。退休后，被一位做生意的朋友请去，为企业抓党建，抓企业文化，管人事，扶贫帮困，说用他放心。这一段，人们都叫他谭总。谭滔从谭主任、谭委员、谭书记、谭局长、谭处长、谭总、滔哥就这么一路过来，我们也从上下级、同事、朋友，成为兄弟。在这长长的过程中，我们有很多温暖甚至动情的故事。但他更多的时间在买书，读书，写诗，写散文。他发表的散文已有几十篇了。诗，更多，已经出版了《湘西诗笺》《湘西诗情》《湘西诗韵》三本诗集。我说，滔哥，你出了这么多的东西，都印出来了，历史会记住你的。他也只一笑，但笑得自信满足。这情形，正像丰收了的老农，把一担一担的谷子挑进仓里的样子。滔哥的善是有细节做证的。他秉承着人敬我一尺，我敬人一丈

滔哥，不是一枚果子

的处事原则，在朋友圈中口碑好。相约聚会或吃饭，他总是提前一点到场，怕别人等。他出差，不喜欢坐火车，那时候的绿皮火车，除怕了挤，他更怕上厕所。上厕所，外面有人排着队等，他就不自在，考虑的是外面等的人，自己就上不好了。这样的人，处处为人着想，善良到骨头里面去了。一次吃饭，他拎着一个大纸袋，重重的，是他新出的又一本诗集。请刘鸿洲专门做的木刻插图，装帧得很好。他一本一本地拿出来，撕开封膜，在扉页上为我们签字。他的诗真诚、清新，有湘西质朴的风味，喜欢读它的人不少。要他的诗，甚至掏钱去书店买他的诗，都是真诚的。他的老领导武吉海为他的诗集写过序。序里用了我对他的评价，大意是，在这个年月，还能这样爱诗写诗，他的心一定是很干净的，如山泉一样。

是的，滔哥的诗、文犹如他的为人，又如湘西的清泉山风一样，总是让人舒服，总是沁人心脾。

滔哥，不是一个果子，他是朋友们中，山里甘泉清风的存在。不用猜想，不用假设，就那么自然。

附记

插画，插话

为永中先生散文集作插画是件愉快的事，文字所涉人、事、物、景大都经历过，如果把情感比喻成一条河，那么我跟永中先生就应该是光着屁股在一条河流里游过泳的玩伴。

　　奇怪，永中先生在官家任上几十年，当他坐在电脑边敲起键盘来竟像是换了一个人，文字从容不迫，体物察情，语句隽永通明，又波澜不惊，细微处令人感动。心想，人若不净，哪能有如此干净的文字，从这个意义上来讲，永中是纯粹的。

　　画插画可以追溯到读大学时期。那时，《年轻人》杂志红火，跟杂志社的美术编辑谭冬生熟，他每月都照顾我，每月给我三到四张插画任务。我呢，当然会认真完成，那时生活费国家补助十二块钱，吃饭刚够，插画得到的钱就可以用来添置纸张颜料之类，手脚顿时觉得宽裕了许多。记得当时的《花城》杂志经常可以看到陈衍宁、詹忠效非常好的线描插画，还有就是比亚兹莱的线描插画，很是令人佩服的。

后来毕业了就再也没有机会画了，也不画了。

再后来，应湖南美术出版社编辑刘昕之邀，为《沈从文笔下的湘西》作过六十几张的连环画，连环画的思维和手法跟插画是不一样的，在此就不说了。

这次为永中先生作插画依然循了原有线描风格，"线条"美感是遵循了沈从文先生《湘行散记》中的沈氏散漫笔法，线条不做修饰，去"法"用"情"，钢笔白描直取，似有另一番意趣。不知永中喜欢不。

肖振中

2023 年 11 月 1 日

后记

小阳春里的秋瓜

晨光，透过一层薄雾，从昂昂的芦花影里斜过来，带着一点清新润意。早起的人，会被山路边的轻露沾湿裤脚。正是十月后的小阳春天。我记起老屋边，奶奶莳奉着的那架瓜棚，老瓜已经收摘，瓜藤却没有歇息的意思，又在长新蔓儿了，还结了一拨小秋瓜，大的如拳头，小的如鸡蛋，顶着一帽儿黄花冠。冬瓜，丝瓜，更放肆一些，铺了一架的黄花儿，有的还翘出绒绒的瓜蒂。梨花，有时也在这时候开放，引得几只不怕冻的蜂儿嘤嘤嗡嗡的。小朵朵的山菊花代替了春天油菜花的金黄，把漫山遍野都染了，风里是清苦微甘的气息。

近年来，在朋友们的撺掇下，我陆陆续续写了一些东西，在报刊网络上发表。又经朋友鼓励，把一批稿子给了出版社，出版社的编辑从中先选

后记 小阳春里的秋瓜

了一小部分，以《故乡人》为题结成集子。这个集子里收入的多是怀人忆旧的故乡事。说类似于《朝花夕拾》，不如说更像十月小阳春里的秋瓜，生机盎然地错生在这个季节里。这种瓜，生长在昼夜温差大的深秋，终究长不成大瓜，但它瓷实鲜嫩，倒不失为秋季里的一道时鲜。我写这些文章，把压箱底的那几层东西都翻出来了，即此呈现。作业的态度，就像小时候，屋前屋后的瓜棚豆架，不管收多收少，都把它种下去，哪怕不收瓜豆，也得夏秋的绿荫。哪怕不当主粮硬菜，也可作一碟冷盘拼凑在那里。

尽管菲薄稚拙，态度没有问题。多写儿时旧事，年过八十的母亲是我的第一读者。她用那只捏过粉笔，用蘸蓝墨水、红墨水点水笔改作业的手，为我一个字一个字地审读，牵出一些错讹，更多的是对事实的校正，还有，对过去过于疼痛的掩盖。我受老师龚曙光先生的提点，趁早写一些母亲有生能看得到的过去，这一点我做到了。

对电脑操作上的技能，我早就自甘废弃了。省却我这方面很多麻烦的是我的小同事郭苗、崔彪、陈波，特别是崔彪的仔细校读，没有他们的帮助，很难想象我能把思绪情感方面的东西腾挪到纸上去。感谢朋友刘鸿洲、谭滔、田凯频等。感谢同事龚旭东、向国生、孙振华、曹辉、张弘、文奇、杨丹、刘永涛、廖慧文、刘瀚潞等。没有他们一直以来，对我快窒息了的写作情绪的鼓励与爱护，我很难有信心坚持下来。感谢老友肖振中做的题画插图。

我谨以能写出来的文字和不能写出的心，表达对与家人、与朋友、与社会、与时代、与世界偶遇的纪念。

2023 年 10 月 25 日